EL REY DE MI CORAZÓN
SHARON KENDRICK

HARLEQUIN™

Editado por Harlequin Ibérica.
Una división de HarperCollins Ibérica, S.A.
Núñez de Balboa, 56
28001 Madrid

© 2010 Sharon Kendrick
© 2017 Harlequin Ibérica, una división de HarperCollins Ibérica, S.A
El rey de mi corazón, n.º 2531 - 22.3.17
Título original: The Royal Baby Revelation
Publicada originalmente por Mills & Boon®, Ltd., Londres.
Este título fue publicado originalmente en español en 2010

I.S.B.N.: 978-84-687-9138-8
Depósito legal: M-43533-2016
Impresión en CPI (Barcelona)
Fecha impresion para Argentina: 18.9.17
Distribuidor exclusivo para España: LOGISTA
Distribuidores para México: CODIPLYRSA y Despacho Flores
Distribuidores para Argentina: Interior, DGP, S.A. Alvarado 2118.
Cap. Fed./Buenos Aires y Gran Buenos Aires, VACCARO HNOS.

Capítulo 1

UNA PRECIOSA luz dorada se filtraba por el techo abovedado, pero Melissa no se fijó. Incluso los palacios perdían toda importancia cuando una se daba cuenta de que había llegado su momento.

Por fin.

A veces, tenía la sensación de que su vida dependía de aquel momento, de que todo había girado en torno a él y de que, por supuesto, su futuro dependía de lo que sucediera. Todo había comenzado cuando había visto en la prueba de embarazo que se había hecho en casa que el resultado era azul y había sabido que estaba embarazada.

Desde aquel momento, su vida había cambiado para siempre.

–¿Me has oído, Melissa? –le preguntó Stephen–. Te he dicho que el rey te recibirá en breve.

–Sí, sí, te he oído –contestó Melissa sintiendo que se le aceleraba el corazón y mirándose fugazmente en uno de los espejos que había en la antesala del salón del trono del palacio de Zaffirinthos.

No era una mujer engreída, pero iba a una audiencia con el rey.

¡El rey y padre de su hijo!

Mientras se colocaba su larga melena oscura por enésima vez, rezó para tener buen aspecto por fuera, porque por dentro se encontraba bastante mal. Tenía que estar bien para que Carlo se interesara en ella, para que se convenciera de que era una madre digna para su hijo. Melissa se secó el sudor de las palmas de las manos en el vestido y miró nerviosa a Stephen.

–¿Estoy bien?

–Sí, estás bien, pero ya sabes que no se va a fijar en lo que llevas puesto. Los miembros de la realeza nunca se fijan en esas cosas. Somos personal de servicio, así que como si fuéramos muebles o papel pintado.

–¿Papel pintado? –repitió Melissa horrorizada.

–Exacto. Lo único que quiere es que le hagas un breve itinerario de la fiesta de esta noche. Nada más. Ya le he contado todo lo que necesita saber, pero, como tú te has encargado de las flores y esas cosas, quiere darte las gracias personalmente. Es una audiencia de cortesía, podríamos decir. Así que sé breve y encantadora y no olvides que solo debes hablar cuando te lo indique.

–No lo olvidaré, claro que no –le aseguró Melissa–. ¿Sabes que ya lo conozco?

–¿Ah, sí? –se sorprendió Stephen mirándola con el ceño fruncido–. ¿Cuándo?

¿Y por qué había dicho aquello? ¿Tal vez para ir allanando el camino en caso de que sus sueños se hicieran realidad y el rey Carlo reconociera a Ben como su hijo y heredero? De ser así, podría hablar del padre de su hijo con orgullo en lugar de tener que morderse la lengua y decir que prefería no hablar de él.

El problema de los sueños era que era difícil pararlos. Melissa había llegado incluso a imaginar que el rey le estaría inmensamente agradecido cuando le hablara de la existencia de Ben.

Hacía pocos meses que la mujer del hermano menor de Carlo había dado a luz y la prensa internacional se había hecho eco del alumbramiento proclamando que el reino de Zaffirinthos ya tenía heredero, pero Melissa sabía que aquello no era cierto, porque el verdadero heredero era Ben, su hijo.

–¿Cuándo? Bueno, fue con motivo de la exposición itinerante de mármoles de Zaffirinthos que se hizo en Londres –contestó Melissa–. El rey asistió tanto a la exposición como a la fiesta que se organizó después. ¿No te acuerdas?

–Claro que me acuerdo –contestó Stephen–. Aquella noche, tú me ayudaste a servir los canapés. No creo que intercambiaras con él más de «¿otro canapé, Majestad?», así que no te hagas ilusiones. No te va a reconocer.

Melissa sonrió y asintió.

¿Cómo iba a saber su jefe lo que había sucedido cuando entre el rey y la ayudante del organizador de eventos no había habido contacto visual ni coqueteo alguno? No era de esperar que el huésped de honor se pusiera a hablar con una mujer que estaba allí simplemente para servir los canapés y asegurarse de que todo estuviera bien.

¿Qué pensaría Stephen si supiera lo que el rey le había dicho en realidad la noche siguiente cuando Melissa se había sentido fría y vacía y había necesitado consuelo humano?

Había sido algo así como que era una pena que llevara braguitas y, después, había procedido a quitárselas y eso, acompañado de un apasionado beso, había hecho completamente imposible que Melissa se negara a hacer el amor con él.

Evidentemente, Stephen no tenía ni idea de que se

había acostado con el hombre que regía la próspera isla mediterránea de Zaffirinthos. No tenía ni idea de que Carlo era el padre de Ben. Ni siquiera la tía de Melissa, que se había quedado en Inglaterra al cuidado del pequeño, lo sabía. Lo cierto era que ni siquiera lo sabía el propio Carlo.

Era un secreto terriblemente pesado de guardar y que Melissa se había visto obligada a ocultar, pero pronto quedaría relevada de aquella intolerable carga.

–La gente sigue preocupada por la salud del rey –añadió Stephen.

Melissa dio un respingo.

–Pero no está enfermo, ¿no?

–¿Enfermo? No, es un hombre muy sano y ágil, está en forma, te lo aseguro, pero... ¿sabes que estuvo a punto de morir el año pasado?

A pesar de que estaban a finales de mayo y hacía buen tiempo, Melissa no pudo evitar estremecerse, porque las palabras de su jefe la devolvieron a aquel terrible momento de su vida en el que supo que Carlo se debatía entre la vida y la muerte. Se había pasado horas delante del televisor, viendo el canal informativo de veinticuatro horas, durmiendo poco y mal, esperando los boletines que tan poca información le habían dado.

Cuando se había enterado de que estaba tan grave, había decidido que no podía seguir escondiéndose y, cuando habían informado de que Carlo había salido del coma, había visto claro que tenía que contarle que tenía un hijo, porque aquel chiquillo al que ella quería con todo su corazón, no era solo su hijo, sino el hijo de un rey, heredero de una dinastía milenaria.

Ambos, padre e hijo, tenían derecho a saber de la existencia del otro.

–Se cayó del caballo, ¿verdad? –le preguntó a Stephen a pesar de que ya lo sabía.

–Sí, aterrizó de cabeza... estuvo semanas en coma.

–¿Pero ahora está bien?

–Eso parece, pero uno de sus ayudas de cámara me ha contado que los está volviendo locos a todos desde que se ha recuperado.

Melissa no quería oír aquello. Lo que quería oír era que Carlo era la persona más amable del mundo, quería creer que, cuando le dijera lo que le tenía que decir, le sonreiría y le diría que no se preocupara, que no pasaba nada, que él se encargaría de solucionarlo todo.

–¿Es frío? –preguntó.

–Como el hielo, así que sé breve y encantadora –insistió Stephen.

–No lo olvidaré –contestó Melissa siguiendo al guardia que la esperaba para conducirla ante el rey.

Había llegado el día anterior en un avión privado, nada que ver con los autobuses atestados que estaba acostumbrada a tomar, para ayudar a Stephen con la fiesta del rey. Iban a celebrar la boda de su hermano menor, Xaviero, y su esposa, Catherine, y el nacimiento de su primer hijo. Stephen se estaba encargando de todo. Era el organizador de eventos y fiestas más codiciado.

Stephen Woods era su jefe. Melissa lo ayudaba a organizar las fiestas. Lo cierto era que había llegado a aquel trabajo más por suerte que por ganas. Se habían conocido cuando ella trabajaba como empleada temporal en una de sus oficinas, lo que se había visto obligada a hacer cuando había muerto su madre y se había quedado sin dinero para pagarse los estudios universitarios.

En mitad de su dolor, Stephen había sabido ver su talento y le había devuelto la autoestima. El famoso restaurador le repetía constantemente que su ojo artístico le era de una ayuda inestimable, que su capacidad de transformar lo mundano en algo extraordinario era lo que le había ayudado a convertir su empresa en el servicio de catering más solicitado.

Por eso, Stephen le permitía que eligiera sus propios horarios, que giraban en torno a Ben, y Melissa le estaba inmensamente agradecida por ello.

Melissa iba pensando en todas esas cosas mientras seguía al guardia y apenas se fijó en la elegancia y el esplendor del palacio.

No podía dejar de pensar en su hijo y en cómo le iba a cambiar la vida. En poco tiempo, tendría padre, un padre que lo querría y lo cuidaría, un padre que enriquecería su vida con todo tipo de beneficios.

El guardia se paró ante unas enormes puertas y llamó.

–¿Sí? –contestó una potente voz desde dentro.

Las puertas se abrieron. Melissa sintió que le temblaban las manos. La verdad era que sentía que le temblaba todo el cuerpo. Su sueño estaba a punto de convertirse en realidad, pero tenía que aguantar un poco más.

Entonces, lo vio.

Carlo estaba sentado ante su mesa, leyendo tan concentrado unos papeles que ni se fijó en ella. Melissa aprovechó para mirarlo atentamente, para disfrutar del brillo oscuro de su pelo, de su silueta fuerte y musculosa y de su piel aceitunada.

Aquel hombre había nacido para gobernar y para ella era perfecto.

De repente, levantó la mirada y Melissa sintió que

le daba un vuelco el corazón. ¿Qué mujer no se sentiría emocionada al volver a ver al hombre que había plantado su semilla en su interior?

Durante el tiempo que llevaba sin verlo, no había dejado de pensar en él a pesar de que Carlo no había mostrado ningún interés en ponerse en contacto con ella. ¿Cuánto tiempo hacía que no se veían? Melissa echó cálculos... casi dos años.

¡Había estado casi dos años sin verlo!

Se quedó mirándose en aquellos profundos ojos color ámbar de larguísimas pestañas negras que la estaban taladrando.

Carlo.

Era Carlo, pero parecía muy diferente.

Tenía una expresión facial mucho más dura que hizo que Melissa tragara saliva. Con aquella aura real, estaba regio, imponente y... completamente inaccesible.

Pero una vez había sido muy accesible para ella, ¿verdad? Sí, tan accesible que se la había llevado a su dormitorio y se había tumbado sobre ella, penetrándola una y otra vez con su cuerpo dorado, pero ahora, verlo allí, en su palacio...

Melissa se puso nerviosa.

Siempre había sabido que era un rey, pero en ese momento lo estaba viendo con sus propios ojos. Carlo era el rey de una exquisita isla, dueño y señor de todo lo que había en ella. Aquello resultaba bastante intimidante.

Era demasiado tarde para echarse atrás. Llevaba mucho tiempo esperando que la recibiera y había llegado el momento, así que Melissa se obligó a sonreír, pues aquel hombre era el padre de su hijo y seguro que se comportaría de forma adulta al respecto.

Melissa no esperaba que Carlo se pusiera en pie, corriera hacia ella, la tomara en brazos y le diera vueltas en el aire, pero sí algún tipo de reacción. Tal vez, sorpresa o susto, o incluso fastidio, pero algo.

Sin embargo, Carlo se mantenía frío y distante.

Melissa decidió romper el hielo.

–Ho-hola –lo saludó con voz trémula.

Carlo tardó en contestar. Estaba tan sumido en sus pensamientos que no recordaba haber dicho que quería ver a nadie y ahora no sabía quién era la mujer que tenía ante sí.

Tenía el pelo largo, del color del té oscuro, y los ojos verdes. Lucía una piel casi translúcida y un vestido muy sencillo que realzaba sus larguísimas y bien torneadas piernas.

Carlo frunció el ceño. Estaba acostumbrado a un férreo protocolo. Llevaba toda la vida rodeado de él y, aunque a veces se le antojaba aburrido e inútil, cuando los demás no lo seguían, se molestaba.

–¿Y usted quién es? –le preguntó con frialdad a la desconocida.

A Melissa se le borró la sonrisa del rostro. ¿Estaba de broma? Por cómo la miraba, no. Melissa se quedó mirándolo, esperando que la reconociera. Nada. No recordaba que era la mujer a la que le había hecho el amor varias veces.

Seguía mirándola con frialdad y dureza.

«¡No sabe quién soy!», se dijo.

No se lo podía creer.

Era cierto que su relación solamente había durado unos días, pero... ¿de verdad se había olvidado de ella? Y eso que Carlo le había dicho que siempre recordaría su apasionado idilio. ¿Se lo diría a todas?

Melissa parpadeó varias veces e intentó ordenar

sus pensamientos. No se podía permitir el lujo de decir algo de lo que luego se pudiera arrepentir, algo como por ejemplo «Majestad, es usted exactamente igual que mi hijo» o «tengo uno como usted en miniatura en casa».

No, no podía hacerlo. No era la manera, debía elegir el momento cuidadosamente. Desde luego, no parecía el momento adecuado, porque Carlo la estaba mirando como si hubiera bajado de una nave extraterrestre y le estuviera abriendo un cráter en la alfombra.

–Me llamo Melissa –le dijo con la esperanza de que eso le dijera algo.

¿Acaso no le había dicho muchas veces que su nombre le recordaba a la miel?

–¿Melissa?

–Sí, Melissa Maguire.

–Su nombre no me dice nada –contestó Carlo con aire aburrido.

¿Qué le podía decir para hacerle recordar? Melissa recordó que Carlo le había dicho que la tarde que habían estado navegando por el río había sido una de las mejores de su vida.

–Vivo a las afueras de Londres, en un sitio que se llama Walton-on-Thames. Está muy cerca del río y se pueden alquilar barcas. A lo mejor...

–A lo mejor me quedo dormido si sigue con ese insulso monólogo –la interrumpió Carlo–. No quiero que me cuente su vida, sino que me diga qué hace aquí, por qué entra en mis aposentos privados –le espetó dando rienda suelta a la irritación que lo acompañaba desde hacía meses–. Supongo que sabrá usted quién soy, aunque no lo ha demostrado en ningún momento.

–Por supuesto que sé quién es –contestó Melissa–. Es el rey de Zaffirinthos.

–Y, aun así, me saluda como quien saluda a un amigo. ¿Por qué no baja la mirada ni me hace una reverencia?

Melissa cruzó los tobillos y dobló las rodillas en señal de deferencia, pero por dentro estaba furiosa y humillada. Después de aquello, quedaba muy claro que no la había reconocido. ¿Por qué iba a tener que hacerle una reverencia cuando era la madre de su hijo?

Claro que, no era el mejor momento para decírselo, así que intentó comportarse con educación.

–Perdón, Alteza –se disculpó.

–Majestad –la corrigió él a pesar de que no iba a seguir siéndolo por mucho tiempo.

Carlo sintió que se le encogía el corazón ante lo que le quedaba por hacer. En breve, se vería libre de los condicionamientos que habían convertido su vida en una jaula de oro. Cuando aquella noche hiciera el anuncio que iba a hacer en el baile, las especulaciones sobre su futuro cesarían.

Carlo se quedó mirando a la mujer, que mantenía la cabeza inclinada, y se puso alerta. Había algo en ella, algo que no podía describir, algo que el accidente no le había robado, pero no sabía qué era.

–Levántese –le ordenó con impaciencia.

Melissa así lo hizo.

–¿Por qué ha venido?

–Usted me llamó.

¿La había hecho llamar? Debía de estar tan consumido por la enormidad de lo que iba a hacer que no se había parado a pensar en ningún momento en la vida diaria de palacio.

Carlo se puso a colocar los papeles que tenía ante él.

–Muy bien. Entonces, dígame quién es y a qué se dedica.

Qué forma tan humillante de recordarle que no sabía quién era, pero Melissa decidió no dejarse vencer, no mostrarle el dolor que estaba sintiendo.

–Trabajo para Stephen Woods, el organizador de fiestas, Majestad –contestó Melissa consiguiendo dedicarle una leve sonrisa profesional–. Le he estado ayudando desde Inglaterra a organizar la fiesta de esta noche. Llegué anoche para ayudarlo con los últimos detalles y Stephen me ha dicho que usted quería verme para que le hiciera un breve resumen de los acontecimientos de esta noche –le explicó Melissa.

Stephen también le había dicho que el rey quería darle las gracias, pero no creía que eso fuera a suceder y no le pareció oportuno recordárselo.

–¿Ah, sí? –se preguntó Carlo en voz alta–. Muy bien. Pues siéntese y adelante –le ordenó.

–Gracias –contestó Melissa sentándose en una butaca tapizada con tela dorada.

–Hable.

Melissa se mojó los labios con la punta de la lengua. Estaba intentando no ponerse nerviosa, pero no podía dejar de mirar aquel rostro tan bello y aquellos ojos que la estudiaban de pies a cabeza.

¿Cómo reaccionaría cuando se lo dijera? ¿Y cómo demonios se lo iba a decir? Tras tomar aire, Melissa decidió impresionarlo con sus dotes profesionales en lugar de soltarle de buenas a primeras que era la madre de su hijo.

–El baile comenzará a las ocho con su entrada, Majestad. Luego, llegarán su hermano el príncipe Xaviero y su esposa la princesa Catherine con su hijo el príncipe Cosimo.

–¿Y no es un poco tarde para que el bebé esté despierto?

–Puede que un poco –admitió Melissa–. Es que... se nos había ocurrido que sería una buena ocasión para presentárselo a la prensa y que le hicieran una breve sesión de fotografías. Como con esta fiesta se celebra el enlace matrimonial de su hermano y el bautizo de su hijo, los medios de comunicación nos han pedido encarecidamente que les permitiéramos tomar alguna foto del príncipe con sus padres –le explicó Melissa–. La idea es darles lo que quieren para que, así, los dejen tranquilos el resto de la velada.

Carlo la miró atentamente y supo que aquella mujer tenía razón. Sus súbditos estaban completamente enamorados de su sobrinito, que era un bebé guapo y adorable.

Cosimo simbolizaba la esperanza en el futuro y la continuidad de una de las monarquías más antiguas de Europa.

Lo único malo de su nacimiento había sido que había incrementado la presión sobre Carlo para que se casara y tuviera su propia descendencia.

Carlo se tensó al pensar en aquello. No tenía ninguna intención de permitir que sus súbditos le impusieran cuándo ser padre. Había obedecido toda la vida, pero en esa ocasión no estaba dispuesto a hacerlo.

Si algo había aprendido en aquellos últimos meses, era que no podía seguir con la vida que llevaba. Mucha gente habría matado por tenerla, pero él no la quería. Parecía una vida regalada y feliz, pero era una vida que lo atrapaba a uno y lo constreñía de mala manera.

Por sus venas corría una inquietud que se había hecho más pronunciada desde el accidente y Carlo estaba convencido de que un rey inquieto no era un buen rey. Además, tenía otra razón para hacer lo que iba a hacer, algo que lo perseguía desde que se había despertado del coma...

–¿Le parece bien la idea, Majestad? –le preguntó la mujer de acento inglés.

–¿Cómo? –contestó Carlo saliendo de sus pensamientos.

–¿Le parece bien que hagamos la sesión de fotografías con su hermano y su familia?

–Se me ocurren un millón de objeciones a la idea, pero comprendo por qué se les ha ocurrido, así que hable con mi equipo de seguridad y adelante –le ordenó–. Asegúrese de que la prensa no excede el tiempo que se le asigne, que seguro que lo intentan. Demasiados flashes no son buenos para un niño. La verdad es que tampoco lo son para los adultos –añadió con ironía–. ¿Qué más?

–Cena para doscientas personas, el discurso de su hermano en el que le agradece el haber organizado el baile, fuegos artificiales y...

–Un momento –la interrumpió Carlo–. Yo también quiero dar un discurso. Antes que el de mi hermano.

Melissa dio un respingo.

–Pero, Majestad...

–¿Qué?

Melissa pensó en las familias reales, los dignatarios y los intelectuales y artistas que llegarían del extranjero, de Europa y los Estados Unidos, y en los servicios de seguridad que estaban trabajando a un ritmo infernal para cumplir los horarios previstos y suspiró. ¿De verdad aquel hombre iba a querer algo así en el último momento?

–Los horarios están hechos al milímetro –le dijo.

–Pues los vuelven a hacer –contestó el rey–. ¿Acaso no cobran por eso?

Melissa se sintió morir, pero consiguió mantener la calma.

–Muy bien, Majestad. Dígame, por favor, cuánto tiempo necesita para su discurso. Así, podré comunicárselo a todo el mundo. Lo arreglaremos, claro que sí.

«¿No te acuerdas de mí? ¡Acuérdate!», le imploró en silencio. «Recuerda que me dijiste que era más dulce que la miel y que mi piel era más suave que las nubes. ¿No te acuerdas de cómo te hundiste en mí repetidas veces mientras gemías contra mi cuello?».

Carlo frunció el ceño ante la reacción de Melissa mientras algo intangible cruzaba el aire en su dirección. Sus ojos verdes se habían vuelto de repente más oscuros y había abierto los labios de una manera que los hacía muy seductores.

De repente, deseó besarlos. De la piel de aquella mujer se desprendió un delicado perfume a lilas que, cuando le llegó, lo paralizó.

Carlo se encontró rebuscando en los rincones más recónditos de su mente. ¿A qué demonios le recordaba aquel olor?

De repente, la sensación desapareció y no pudo volver a recuperarla.

Carlo maldijo mientras observaba a la joven inglesa y de manera totalmente inexplicable sintió que se le endurecía la entrepierna. El deseo fue tan intenso que pensó en tomarla entre sus brazos y apoderarse de sus labios.

Aquello hizo que se enfadara consigo mismo. ¿En qué demonios estaba pensando? Aquella mujer no era más que una empleada temporal que había ido desde Inglaterra para un trabajo concreto. No era digna de él. Claro que, hacía una eternidad que Carlo no se entregaba a los placeres del sexo. Desde luego, no había mantenido relaciones desde el accidente.

¿Acaso estaba tan desesperado que iba a permitir que el deseo le nublara la razón? ¡Podía tener a cualquier mujer que quisiese!

«Y la tendré», se prometió a sí mismo en silencio.

En el baile de aquella noche, habría muchas mujeres deseando yacer con él, todas ellas de las familias más aristocráticas del mundo. Claro que, no estaba buscando esposa, solo una relación sexual, una amante que estuviera dispuesta a aceptar lo que él estuviera dispuesto a dar.

Carlo sabía que también habría mujeres así en la fiesta y sonrió encantado, pero apretó los dientes furioso cuando se dio cuenta de que la erección seguía allí.

Había llegado el momento de romper el celibato que había elegido voluntariamente y de entregarse al placer antes de partir al exilio. Y, cuando lo hiciera, cuando decidiera mantener una relación sexual de nuevo, sería con una mujer mucho mejor que aquella inglesa tan extraña.

Fue entonces cuando Carlo se dio cuenta de que seguía sentada ante él, mirándolo como si tuviera todo el derecho del mundo a pasearse a sus anchas por los aposentos del rey.

—Creo que ya está todo, ¿no? —le preguntó.

Era evidente que quería que se fuera y, por si no le había quedado lo suficientemente claro, en aquel momento, siguiendo a las palabras del rey, se abrieron las puertas y entró uno de sus ayudas de cámara.

–Orso, por favor, acompañe a la señorita Maguire
–le indicó Carlo.

–Claro, Majestad –contestó el hombre mirando a
Melissa, que se puso en pie sonrojada.

Melissa miró a Carlo, pero este había desviado la
mirada y estaba estudiando unos papeles que tenía sobre la mesa como si ella ya no estuviera allí.

Como si jamás hubiera estado.

Melissa salió del salón siendo perfectamente consciente de que había desaprovechado la ocasión perfecta para hablarle a Carlo de la existencia de su hijo
y heredero.

¿Y cuándo volvería a tenerla?

Capítulo 2

CUANDO la joven inglesa se hubo ido, Carlo se quedó sentado muy quieto un momento. A continuación, tomó el documento que tenía ante sí en la mesa y que era, probablemente, el discurso más importante de su vida. El discurso que incluso Orso, su ayuda de cámara más cercano, desconocía, el discurso en el que anunciaba su abdicación.

Carlo tragó saliva emocionado, se puso en pie y se acercó a los ventanales que daban a los jardines y desde los que había unas vistas maravillosas. Naranjos, rosales e infinidad de fuentes que se deslizaban hasta el mar. Conocía muy bien aquellas vistas, estaba familiarizado con ellas desde niño, pues su padre siempre había querido que su hijo y heredero fuera al despacho de vez en cuando.

Había incluso fotografías de él con no más de dos años, gateando por aquel salón mientras su padre firmaba el famoso Tratado de Rodas.

Luego, cuando su madre murió de una hemorragia cerebral, su padre había concentrado buena parte de sus energías en enseñar a su hijo lo que entrañaba ser rey, las responsabilidades y los privilegios.

Carlo había pensado muchas veces que su hermano, Xaviero, se debía de sentir desplazado y solo, pues quería mucho a la madre que había perdido. En realidad, los dos habían tenido una infancia solitaria y triste y nunca habían hablado de ello.

Carlo no había cuestionado su destino jamás. Al contrario, lo había abrazado con entusiasmo e ideas innovadoras. Amaba profundamente su patria y había puesto en marcha varias reformas que habían llevado más prosperidad y felicidad a su gente.

Sin embargo, pronto se había dado cuenta de las exigencias de su puesto. Ser rey era un trabajo que consumía su vida privada y hacía ya tiempo que Carlo no se sentía libre.

Pero existía otra razón por la que debía abandonar el trono: el accidente que había sufrido y que había estado a punto de costarle la vida. Como resultado de aquel accidente, tenía amnesia. Nadie lo sabía, pero así era.

Llevado por el orgullo y la firme creencia de que un rey no debía mostrarse débil delante de sus súbditos, Carlo había conseguido engañar incluso a los médicos. A veces, se sentía culpable por estar engañando a todo el mundo y otras se frustraba por no poder recordar.

Pero había una solución.

Una solución descorazonadora, pero sencilla.

Había llegado el momento de entregarle el trono a su hermano, que siempre lo había ansiado y que tenía un heredero.

Había llegado el momento de irse.

Y aquella noche lo anunciaría al mundo entero.

Carlo miró el reloj, guardó el discurso bajo llave y se dirigió a su apartamento privado. Una vez allí, se duchó y, mientras se enjabonaba, volvió a sentir que el deseo se apoderaba de él.

Se apresuró a cerrar los ojos y a intentar apartar de

su mente las imágenes que lo atormentaban porque, ¿de qué servía el deseo sin tener a una mujer al lado? Era como mirar el mar desde detrás de un cristal y no bañarse jamás.

Se encontró pensando en la joven inglesa, en su aroma a lilas, ese olor tan extraño que había evocado en él no sabía muy bien qué, en sus labios provocativos... y su mano se deslizó hacia su entrepierna... pero Carlo cerró el grifo y salió de la ducha.

Tenía otras cosas en las que pensar, cosas mucho más importantes.

Fresco y limpio, se puso un traje oscuro y se metió el discurso en el bolsillo de la chaqueta. A las ocho en punto, entró en el salón de baile acompañado por las trompetas y por Orso y los demás ayudas de cámara, que se movían a su alrededor como satélites alrededor del planeta principal.

Fue recibido por un gran aplauso y se percató de lo bien que olía a flores y de los cientos de grandes velas blancas que adornaban la estancia.

Todas las miradas estaban puestas en él. Sobre todo, las femeninas, claro. Todas las mujeres presentes, con sus impresionantes joyas, sus vestidos de diseñadores famosos y sus cuerpos de gimnasio, querían que se fijara en ellas porque, aunque muchas estuvieran casadas, no había halago mayor que recibir ese honor del rey de Zaffirinthos.

Carlo sabía que otras muchas correrían a su cama si él así lo quisiera, pero era consciente de que había un par de ojos que lo estaban taladrando, un par de ojos verdes e intensos, un par de ojos que pertenecían a la joven inglesa que había ido a verlo hacía un rato a su despacho.

Aquella mujer lo estaba mirando como nadie lo

había mirado antes y a Carlo le encantaban las novedades.

Las trompetas volvieron a sonar cuando el hijo de Xaviero entró y todos los presentes intentaron ver al bebé, pero Carlo se dio cuenta de que la joven inglesa seguía pendiente de él. Debería haberse molestado por aquella falta de educación, pero se sintió intrigado. Tal vez, simplemente porque mantenía su mente alejada de lo que tenía que hacer, pero lo cierto fue que se encontró mirándola también, lo que no era muy comprensible porque había mujeres mucho más guapas que ella allí.

El vestido que llevaba le tapaba las larguísimas piernas que le habían llamado la atención. Se trataba de un vestido largo negro, muy normal, de escote recatado. Precisamente, por ser tan normal llamaba la atención. En realidad, desentonaba con el lujo y la elegancia de las demás.

«¿Cómo no va a ser así? ¡Es personal de servicio!», pensó Carlo mientras los fotógrafos tomaban posiciones para captar imágenes del pequeño príncipe.

Aunque no tenía apetito, Carlo aguantó el larguísimo banquete con ecuanimidad. Ninguno de los exquisitos platos que se sirvieron captó su interés ni tampoco la princesa que le habían sentado al lado y que no paraba de flirtear con él.

Carlo sentía que, a medida que el tiempo iba pasando, la oscuridad se iba apoderando de su corazón y la única distracción que tenía eran los ojos de la joven inglesa que seguían puestos en él desde el vestíbulo en el que se había colocado discretamente para vigilar que todo estuviera bien.

Estaba acostumbrado a que las mujeres lo miraran,

pero lo cierto era que estaba sorprendido ante la intensidad y la insistencia de aquella.

¿Cómo demonios seguía trabajando para él? ¿No se había dado cuenta de lo descortés que resultaba mirar así al monarca? Por el rabillo del ojo, vio que Orso se tensaba y se inclinaba para hablarle al oído.

–¿Me deshago de ella, Majestad? –le preguntó en griego, idioma que ambos dominaban y que era menos conocido que el italiano que todos hablaban.

El primer impulso de Carlo fue decirle que sí, pero aquella mujer llamada Melissa cada vez le llamaba más la atención. Había algo en su rostro que le recordaba algo, ya había tenido esa sensación cuando la había visto antes. Se trataba de algo que hacía que se le disparara una alarma lejana en su interior.

La intuición le decía que hablara con ella. Ahora que iba a dejar de ser rey, podía por fin fiarse de su intuición, podía satisfacer su curiosidad, descubrir qué quería aquella mujer. Melissa le podía servir para, por lo menos, entretenerse hasta que terminara aquella interminable cena y llegara el momento de leer el discurso que le quemaba en el bolsillo y que, sorprendentemente, le atenazaba el corazón ahora que se acercaba el momento de compartirlo con los demás.

–No, deja que se acerque. Quiero hablar con ella. Me intriga. A lo mejor es que ha surgido algún problema y me lo quiere comentar. Esta fiesta es un regalo que yo le hago a mi hermano y quiero que todo esté perfecto.

–Pero, Majestad...

–Dile que venga, Orso, pero de manera discreta. Todo el mundo la está mirando y no tiene ni la clase ni la belleza suficientes como para soportar semejante escrutinio.

–Muy bien, Majestad.

Melissa avanzó hacia el rey con el corazón latiéndole aceleradamente y sintiendo que las gotas de sudor le resbalaban entre los pechos. No se podía creer lo que estaba haciendo, pero no podía esperar. Mientras se arreglaba para la fiesta, había comprendido que tenía que hablar con el rey, que se lo tenía que contar todo. Había dejado pasar la oportunidad que había tenido aquel día y se arrepentía. No podía seguir esperando eternamente que se presentara el momento ideal porque la situación que tenían entre manos no era, ni de lejos, ideal.

No debía dejarse cegar por su amor materno.

Había pensado en hablar con él después de que diera su discurso, pero había comprendido que sería imposible porque seguro que, entonces, todo el mundo se acercaría a alabarlo y a intercambiar pareceres con él.

Vio al inmenso ayuda de cámara del rey que iba hacia ella y se preguntó si intentaría interceptarla. Aquella idea la llevó a pensar, en un arrebato de locura, que, de ser así, tendría que salir corriendo en dirección al rey y, una vez a su lado, contarle su secreto a toda velocidad sin que nadie la oyera.

Pero Orso, aunque grande y corpulento, se movió con celeridad y se plantó a su lado en un abrir y cerrar de ojos, así que Melissa no pudo llevar a cabo su descabellado plan. Por cómo la agarró del codo, comprendió que no le iba a permitir acercarse sin su consentimiento.

–¿Quiere hablar con el rey?

–S-sí –contestó Melissa.

–¿De qué?

Melissa lo miró a los ojos y se dijo que debía mantener la calma. Había llegado muy lejos y no iba a permitir que un ayuda de cámara del rey se interpusiera entre ellos.

–Es un asunto privado que solamente nos atañe al rey y a mí.

–Debe acercarse con más cautela y educación –le aconsejó Orso con voz firme y dura–. De lo contrario, su guardia personal se lanzará a por usted y terminará en la prisión de Ghalazamba. ¿Es eso lo que quiere?

–No, claro que no –tartamudeó Melissa.

–Muy bien, sígame –le ordenó Orso.

Dicho aquello, la condujo hasta la mesa donde estaba sentado Carlo con sus distinguidos huéspedes. Melissa se quedó mirando sus espaldas. Los collares de las mujeres refulgían a la luz de las velas. Esperó un buen rato, preguntándose si el rey se habría olvidado de su presencia, pero, de repente, se giró y la envolvió en la luz ambarina de su mirada e inclinó levemente la cabeza para indicarle que se acercara.

Melissa se acercó con el corazón en un puño. ¿Se habría dado cuenta la gente de que no estaba pendiente de la fiesta, de que le daba igual que saliera bien o mal? Lo cierto era que no tenía ojos más que para Carlo y para el asunto que tenía que tratar con él. No le importaba perder su puesto de trabajo. Ya encontraría otro.

Encontrar trabajo era fácil, pero encontrar otro padre para su hijo, no.

–Es usted muy impertinente –murmuró Carlo–. ¿Cómo se atreve a mirarme como una hiena que mira a su presa?

–No ha sido mi intención, Majestad –contestó Melissa.

Carlo volvió a percibir el aroma a lilas que desprendía aquella mujer y volvió a tener la sensación de familiaridad.

—¿Siempre se comporta así cuando está trabajando?

Melissa iba a contestar que no, pero lo cierto era que la última vez que se habían visto también se había comportado de un modo poco profesional. Claro que, había sido culpa de él, había sido él quien había empezado todo aquello. Y ahora no la recordaba. ¿De verdad había sido tan insignificante para él?

—No, normalmente no me comporto así —contestó—. Creo que... creo que lo hago porque usted me afecta mucho, Majestad.

—¿Cómo dice?

—No se acuerda de mí, ¿verdad? —murmuró Melissa.

Carlo se sintió vulnerable de repente. Aquella mujer le había dado en su talón de Aquiles.

—¿Acordarme de qué? —le espetó.

¿Es que acaso se lo iba a tener que explicar en detalle? ¿De verdad no se acordaba de nada de lo que había sucedido entre ellos? Melissa se quedó mirándolo y recordó aquella primera noche, cuando se habían conocido.

Había sido mientras el museo más grande de Londres exhibía las fabulosas estatuas halladas en unas excavaciones arqueológicas en Zaffirinthos. Después de la inauguración, un noble inglés que poseía una preciosa mansión junto a Green Park había dado una fiesta.

La velada había sido especial porque el rey de Zaffirinthos en persona había volado aquella tarde para supervisar la primera salida del país de las valiosas estatuas. Su presencia había levantado mucho revuelo y la prensa lo había descrito como el soltero más codiciado de Europa.

Melissa lo vio durante la visita privada de la exposición y comprendió al instante por qué lo llamaban así y por qué todas las anfitrionas de la ciudad querían invitarlo a sus fiestas.

Aquel hombre tenía un rostro increíble de rasgos aristocráticos y piel aceitunada, unos preciosos ojos color ámbar y un pelo negro como el azabache. Era tan perfecto que Melissa se encontró pensando que parecía una de las famosas estatuas. Además, su cuerpo, alto y musculoso, revelaba un carácter indomable.

Melissa no habló con él en aquella ocasión. Estaba demasiado ocupada intentando salvar los macizos de flores de la lluvia.

Aquella velada también había sido importante para ella por otro asunto. Aquel día era el aniversario del fallecimiento de su madre, que había muerto en un accidente de coche.

Melissa era consciente de que era patético que se definiera a sí misma como huérfana, pero todos los años, aquella noche, era como se sentía, pues rememoraba la noche en la que la llamaron por teléfono para darle la terrible noticia.

Había conseguido mantener las emociones a raya hasta que, al final de la velada, no había podido más y se había perdido en la planta baja para dar rienda suelta a las lágrimas. Más tranquila, aunque con los ojos enrojecidos, salió al pasillo que comunicaba con la parte central de la casa y se chocó contra un hombre muy alto, lo que la llevó a volver la cara apresuradamente porque no quería que nadie la viera así.

–Vaya, mire por dónde va –le dijo una voz firme de acento extranjero.

–Déjeme en paz –le espetó Melissa enjugándose las últimas lágrimas con un pañuelo de papel.

Al levantar la mirada, se dio cuenta para su horror de a quién tenía delante.

El hombre parecía no saber si mostrarse sorprendido o divertido. Era evidente que no estaba acostumbrado a que le hablaran así.

–Ha estado usted llorando –comentó mirándola detenidamente.

Melissa pensó en lo roja que tenía que tener la nariz y se sintió humillada.

«Qué listo el tipo», pensó.

–Sí –confesó preguntándose qué hacía allí el rey en lugar de estar en la planta superior bebiendo champán con los demás.

–¿Por qué?

–Eso no importa.

–Claro que importa. Si yo quiero saberlo, importa. ¿No se ha dado cuenta de que soy un rey y de que todo lo que pido se me da siempre? –le dijo el hombre en tono irónico.

Melissa supuso que estaba de broma, pero advirtió su rostro serio y comprendió que estaba esperando una contestación, así que decidió contestar.

–Estaba llorando porque hoy es el aniversario de la muerte de mi madre.

–Ah.

En aquel momento, se abrió una puerta y llegó hasta ellos el rumor de una conversación y de la lluvia. Melissa sorprendió al rey mirando sus zapatos. ¿Se estaría preguntando si calaban?

–¿Quiere que la lleve a casa?

–¿Usted?

–¿Quién si no? ¿Ha quedado con alguien para que la venga a buscar? ¿Con su novio, quizás?

–No, no tengo novio.

–¿Y cómo va a volver a casa?

–En metro.

–No, de eso nada. La espero fuera. No tarde. No me gusta esperar.

Dicho aquello, se alejó dejando a Melissa confusa. ¿El rey acababa de ofrecerse para llevarla a casa? Mientras se quitaba su vestido negro de trabajo y se ponía los vaqueros y el impermeable, se preguntó si lo habría soñado.

No, no lo había soñado. Había una limusina negra de ventanillas ahumadas esperándola en la calle. Melissa se acercó dubitativa y el conductor le abrió la puerta. Melissa se dijo que aquello era lo típico que en la televisión siempre aconsejaban no hacer jamás.

Carlo percibió sus dudas.

–¿Va a subir o prefiere mojarse?

Melissa no se decidía.

–¿Se cree que me voy a abalanzar sobre usted? ¿Acaso cree que la encuentro irresistible?

Melissa tragó saliva y se dijo que le daba igual. ¿Qué más daba que aquel tipo fuera un rey? Comparado con su vida, con la pérdida de su madre, aquel episodio no tenía importancia.

–¿Por qué se ha ofrecido a llevarme a casa? ¿Le doy pena? –le preguntó mientras se subía al lujoso vehículo.

Carlo la miró muy serio.

–Porque sé lo duro que es –contestó–. Sé lo que es perder a una madre.

Y así fue como dos personas que no se conocían de

nada se encontraron unidas por un profundo vínculo en una noche lluviosa.

Contra todo pronóstico, se acostaron y compartieron unos días de relación.

Carlo le contó divertido que su ayudante de cámara más leal no estaba con él en aquella ocasión y durante cinco días se lo pasó en grande dando esquinazo a su personal de seguridad. Les aseguró que estaba bien y disfrutó de una vida normal y corriente, la que él nunca podría llevar. Era obvio que aquello de ser un hombre anónimo le encantaba.

Melissa tenía una casa pequeña, pero Carlo disfrutó de lo lindo cocinando por primera vez en su vida, bebiendo vino barato y haciendo té. Alquilaron una barca en el río y pasearon en un autobús turístico y nadie lo reconoció. Pasaban las tardes en la cama, oyendo el ruido del tráfico y el sonido de sus corazones.

Carlo le había dicho que olía a flores y que sus ojos parecían dos estrellas de esmeralda y ella se había sentido la mujer más feliz del mundo.

Por supuesto, sabía que aquello no iba a durar mucho y, de hecho, terminó tan rápido como había empezado.

—Sabes que esto no puede durar, ¿verdad? –le preguntó Carlo la última vez que se acostaron mientras buscaba el centro de su feminidad entre los rizos de su entrepierna.

—Claro que lo sé –contestó Melissa intentando mantener la calma.

Y era sincera, pero le había dolido de todas maneras. El dolor fue proporcional a la alegría que había vivido, tan intensa que era casi insoportable. Sin embargo, había conseguido mantener las lágrimas a raya hasta que se habían despedido y, cuando Carlo se hubo ido, se sintió completa y horriblemente vacía.

–¿Acordarme de qué?

La pregunta de Carlo la sacó de sus recuerdos y la hizo volver al presente. Estaba frente al mismo hombre, pero ya no era aquel amante anónimo que la besaba en su casa mientras hacían la cena, sino un desconocido frío y distante.

–Ya nos conocemos, Majestad –le dijo Melissa.

–¿Y?

Melissa parpadeó.

–¿Lo... lo recuerda?

Carlo chasqueó la lengua con fastidio y procedió a sacarse del bolsillo el discurso que iba a pronunciar.

–¿Se da cuenta de la cantidad de gente que conozco? –le preguntó impaciente–. Sé que la gente recuerda a la perfección nuestros encuentros, pero yo no, es imposible. ¿De qué nos conocemos? ¿De algún acto oficial? ¿Alguna visita que he hecho a una escuela de hostelería o algo así?

–No, no lo entiende –contestó Melissa negando con la cabeza.

La sorpresa de Carlo fue evidente. No estaba acostumbrado a que le llevaran la contraria, pero a Melissa le daba igual. No tenía miedo. Era su última oportunidad y tenía que aprovecharla.

–¿Qué es lo que no entiendo?

–Fue diferente.

Carlo se tensó. ¿En qué tipo de situación se había metido? ¿Habría sido un error permitir que se acercara a hablar con él? Orso y los guardias de seguridad estaban cerca. Además, había algo en la mirada de aquella mujer que le tenía intrigado.

–Continúe.

Melissa se dio cuenta de que todo el mundo los estaba mirando y no le pareció el mejor lugar para decirle lo que le tenía que decir.

–Preferiría hablar con usted en un lugar más privado –le pidió.

–No –contestó Carlo–. Ya está bien. Tiene dos minutos para contarme lo que me tenga que contar. Estoy harto de tanto misterio –añadió.

Melissa estaba nerviosa, pero consiguió hablar.

–Nos conocimos de manera muy diferente a como suele conocer a la gente, Majestad, o al menos, eso creo yo. Fue hace dos veranos, en Inglaterra, en la fiesta que dieron en su honor tras la inauguración de la exposición de las estatuas de mármol de Zaffirinthos. En realidad, nos conocimos muy profundamente... íntimamente... mantuvimos una breve relación y... fruto de ella... fruto de ella... tuve un hijo. Así que tengo un hijo. Bueno, tenemos un hijo. Lo que quiero decir es que tiene usted un hijo, Majestad.

Capítulo 3

CARLO se quedó mirando a Melissa, que había palidecido. El corazón le latía desbocado y estaba furioso. ¿Cómo se atrevía a decir que él era el padre de su hijo?

Habría podido tomarla de los hombros y zarandearla hasta hacerla confesar que era mentira, pero todo el mundo los miraba; como de costumbre, todos los presentes estaban pendientes de él. Siempre había sido así, vivía siendo objeto de las miradas ajenas.

Era parte de la carga de ser rey, que siempre se sentía observado y que no podía expresar sus sentimientos en público. Por eso, en aquellos momentos, no se podía permitir el lujo de verbalizar el enfado que tenía, así que se tuvo que conformar con apretar los puños por debajo de la mesa. Al hacerlo, destrozó el discurso que sostenía entre las manos.

–¿Está usted loca? –le preguntó acercándose a ella con una sonrisa, como si le fuera a decir lo buena que estaba la cena–. ¿Es usted de esas que van por ahí diciendo que tienen hijos con gente famosa?

–No, claro que no –contestó Melissa–. Le estoy diciendo la verdad.

–No me lo creo.

–¿Por qué? –quiso saber Melissa indignada.

–¿De verdad quiere que se lo diga? –le espetó Carlo.

Quería hacerle daño por haberse atrevido a acercarse a él con aquellas tonterías, así que mientras en una mano sostenía el papel arrugado, con la otra señaló a las mujeres presentes.

–Podría acostarme con cualquiera de ellas –murmuró–. Podría tener a la mujer que me diera la gana, así que ¿por qué iba a querer acostarme con alguien como usted?

Melissa tragó saliva. Aquellas hirientes palabras no eran más que la verbalización de la pregunta que ella se había hecho muchas veces. ¿Cuántas veces se había preguntado cómo era posible que un hombre como Carlo la hubiera elegido a ella? Así que ahora no podía indignarse demasiado, pero había algo que no cuadraba.

–Entonces, ¿no se acuerda de mí? –le preguntó con tristeza.

Carlo sintió que se le aceleraba el corazón y Orso debió de percibir su incomodidad porque se apresuró a acercarse.

–Majestad, ¿quiere que acompañe a la señorita Maguire a la cocina? En breve, tendrá que dar usted el discurso.

Carlo se quedó mirando la hoja de papel arrugada que sostenía en la mano y que había sido su discurso de abdicación. Era increíble cómo podía cambiar la vida en pocos segundos. En lugar de estar contento porque con el anuncio que iba a hacer podría vivir libre...

Carlo observó a la joven inglesa, que lo miraba con ojos determinados. ¿Estaría loca? ¿Querría hacerle chantaje? Lo estaba desafiando y aquello le intrigaba. Carlo se preguntó qué sabría y, de repente, comprendió que podía seguir adelante con sus planes.

Lo único que tenía que hacer era descubrir qué estaba sucediendo allí y, por supuesto, hacerle comprender a aquella mujer que el que mandaba allí era él, que el que tenía la situación controlada, completamente controlada, era él.

–Sí, Orso, llévatela –contestó–. Voy a dar mi discurso.

–Majestad... –dijo Melissa.

–Fuera –la interrumpió él–. ¡Fuera!

Melissa tragó saliva. No se podía creer que Carlo la estuviera despachando como a un insecto molesto después de lo que le acababa de decir. Estaba tan anonadada que siguió a Orso. Cuando llegaron a un cuarto apartado, el hombre se giró hacia ella sin disimular su hostilidad.

–No se vuelva a acercar al rey, ¿me oye? –le espetó–. ¡Jamás!

A Melissa le dieron ganas de gritarle que eso no era asunto suyo, pero no tenía fuerzas. ¿Qué podía hacer? ¿Decirle a Orso el motivo por el que había querido hablar con Carlo? ¡Entonces, seguro que la echaría de palacio!

Si Carlo no la había creído, nadie lo haría. No tenía el perfil de las mujeres con las que él solía salir y acostarse. No, nadie la creería.

Desde donde estaba y mientras recogía un ramo de rosas que se había caído, oyó retazos del discurso del rey en los que mencionaba la boda de su hermano y el nacimiento de su hijo y, cuando lo oyó pronunciar palabras como «celebración» y «nueva vida», sintió que el dolor era insoportable.

–... así que les pido que alcen sus copas por mi querido hermano, Xaviero, y su preciosa esposa, la princesa Catherine.

Melissa miró a la, efectivamente, preciosa princesa inglesa y sintió un nudo en la garganta que se parecía sospechosamente a la envidia.

Aguantó como pudo lo que quedaba del banquete y a las doce de la noche le dijo a Stephen que necesitaba irse, algo que jamás se le hubiera ocurrido hacer porque, normalmente, se quedaba hasta que se había ido el último invitado.

No sabía si habría sido porque la había visto pálida o porque su tono de voz lo había alarmado, pero lo cierto fue que Stephen le preguntó con el ceño fruncido si se encontraba bien y le dijo que se fuera directamente a la cama.

—No olvides que nos vamos por la mañana —le dijo.

Como si lo fuera a olvidar. Era muy consciente de que jamás volvería a pisar aquella isla y de que Ben no iba a poder disfrutar de su padre. Bueno, nadie podía decirle que no lo había intentado, pero eso no le iba a librar de tener que mantener algún día una conversación muy dolorosa con su querido hijo.

Melissa se dirigió a los aposentos que le habían asignado dentro de palacio, pero no se metió directamente en la cama. Ni siquiera intentó dormir. ¿Para qué? Qué pérdida de tiempo. Tampoco le interesaba ver una película ni leer un libro.

Echaba de menos a su hijo, pero era muy tarde y, además, el pequeño tenía trece meses, con lo cual realmente no se podía decir que se pudiera hablar con él por teléfono.

Así que se dedicó a hacer la maleta y se dio una ducha mientras pensaba que al día siguiente a la misma hora estaría bajo el raquítico chorro de agua de su ducha, en su minúsculo baño y que debía disfrutar de aquel lujo mientras lo tuviera, pero era difícil entusiasmarse dadas las circunstancias.

A pesar de la maravillosa ducha y de los exquisitos geles y champúes, no pudo evitar seguir pensando en lo mal que había salido todo.

Tras secarse y cepillarse el pelo, se puso una camiseta que le había regalado un cliente y que utilizaba para dormir porque era muy grande.

Acababa de terminar de calentar agua para hacerse una infusión cuando llamaron a la puerta de manera discreta pero insistente.

Melissa consultó el reloj y frunció el ceño. Eran casi las dos de la madrugada...

Volvieron a llamar.

¡Solo podía ser una persona!

–¿Quién es? –murmuró acercándose de puntillas a la puerta.

–¿Quién va a ser?

No parecía propio de un rey hablar así. Cuando Melissa abrió la puerta, tampoco parecía un rey la persona que se encontró. Carlo llevaba unos vaqueros desgastados y una camiseta negra ajustada. Más bien, parecía un actor.

Sin embargo, la manera de entrar y de cerrar la puerta con impaciencia y arrogancia delataba su condición real.

Carlo se giró hacia ella furioso y la miró de arriba abajo. No se lo podía creer. Tenía el pelo mojado y dispuesto de cualquier manera y llevaba una camiseta gris que le quedaba varias tallas grande con el dibujo de un teléfono móvil gigante y con la leyenda *¿Estás encendido?*

Aquello le hizo sonreír con disgusto, pero el mensaje subliminal debió de hacer mella en su subconsciente porque se encontró registrando que Melissa llevaba las piernas completamente desnudas, con las uñas de los pies sin pintar, y que sus pequeños pechos se apretaban contra la tela de la camiseta con los pezones duros como diamantes en miniatura.

Era inexplicable y ridículo que encontrara atractiva a una mujer así, pero mentiría si dijera que no estaba comenzando a sentir punzadas de deseo en la entrepierna.

Carlo se apresuró a apartar aquello de su mente y se concentró en lo que Melissa le había dicho y que había estado a punto de dar al traste con su discurso.

¿Cómo se había atrevido? *¿Cómo se había atrevido?*

–¿Qué haces aquí? –tartamudeó Melissa observando la mirada furiosa de Carlo.

¿Qué había ido a hacer allí? ¿Acaso su aroma a lilas le había perturbado la mente y no recordaba que había ido para decirle que era una farsante?

–Quiero saber qué quieres de mí.

–Quiero que formes parte de la vida de tu hijo.

–No –contestó Carlo negando con la cabeza–. Desde luego, tienes una fantasía desbordante. ¿No ves que serías la última mujer que yo elegiría como madre de mi hijo?

Melissa lo miró confusa.

–¿Por... por qué dices eso?

–¿No has oído lo que te he dicho antes? –se rio Carlo con ironía–. Elijo a mis parejas de entre mujeres guapas y sofisticadas.

«No debo reaccionar ante sus insultos. Eso es lo que quiere que haga. Debo mantener la calma», pensó Melissa.

Lo único importante era luchar por su cachorro

como una leona. Carlo podía decir lo que quisiera sobre ella, pero Melissa pensaba mantenerse firme.

Así que elevó el mentón en actitud desafiante. No le daba miedo el desagrado que veía en los ojos de Carlo.

—Aparte de que no soy digna de acostarme con un miembro de la realeza, ¿hay algún otro motivo? —le preguntó con tranquilidad.

—Muchos —contestó Carlo—. Para empezar, me gustan las mujeres rubias y con curvas y tú no eres ni lo uno ni lo otro. Además, me gusta que vistan de manera exquisita. De hecho, las mujeres con las que mantengo relaciones íntimas solo llevan lencería de raso, seda y encaje y no prendas de mendiga —agregó mirando con sorna la camiseta de Melissa.

Aun así, Melissa no reaccionó. Se sentía como si Carlo le estuviera lanzando dardos al corazón, pero consiguió mantener la calma. Con su actitud, Carlo estaba destrozando los sentimientos que había albergado por él y que habían ido creciendo con Ben. Recordaba su amabilidad y su ternura y ahora se daba cuenta de que, a partir de ahí, se había inventado a un hombre que no existía en realidad.

El Carlo de verdad era un bastardo arrogante y cruel.

—Así que no tengo el pelo ni el cuerpo adecuado y visto como una vagabunda —resumió—. ¿Algo más?

Carlo frunció el ceño. El aguante de aquella mujer era sorprendente. Ya debería haber claudicado, ya debería haber confesado entre sollozos que necesitaba dinero porque la vida le había ido muy mal, ya debería estar pidiéndole perdón arrepentida de sus mentiras...

—La verdad es que sí —contestó—. Siempre que me acuesto con una mujer, tomo medidas anticonceptivas

–añadió viéndola enrojecer–. Es por esto de ser rey, ¿sabes? –concluyó con sarcasmo.

Melissa tomó aire para permitir que el último ataque se disipara y no hiciera mella en ella.

–Entonces, ¿a qué has venido? –le preguntó.

Al ver que su enfado no la desestabilizaba, Carlo perdió pie. ¿A qué había ido? Si de verdad creyera que aquella mujer era una farsante, no habría ido a verla. Entonces, ¿qué hacía allí? ¿Por qué cuando la miraba sentía algo que no podía describir con precisión, algo desconocido e incómodo?

Después del accidente, le habían prohibido hacer un montón de cosas y hacía mucho tiempo que Carlo no saboreaba el peligro, pero ahora lo estaba percibiendo, estaba en el aire, tentándolo tanto como siempre lo habían tentado los saltos a caballo.

No había vuelto a montar desde el accidente, pero ahora la tentación llegaba de otra forma. No era rubia ni menuda ni con curvas, sino castaña, de piernas larguísimas y ojos muy verdes. Aquellos ojos, que parecían esmeraldas, lo hicieron sentir de nuevo algo lejano, algo que le llegaba como en mitad de una nebulosa, era como un recuerdo que no alcanzaba a ver bien.

–A lo mejor he venido a refrescarme la memoria –dijo pasándose la punta de la lengua por el labio superior.

Melissa no se había dado cuenta de lo que iba a suceder porque se le hacía imposible que un hombre se abalanzara sobre ella después de pasarse diez minutos insultándola y mirándola como si fuera un insignificante insecto.

Para su sorpresa, la estaba tomando entre sus brazos lentamente, acercándola a su torso, a su cuerpo.

De repente, se encontró sintiendo el placer de saberse de nuevo en contacto con él. A pesar de las circunstancias, le estaba resultando tan increíble como la primera vez...

Melissa sintió que la piel le cantaba y que el corazón le latía desbocado, pero aquello no estaba bien. En lo más profundo de sí misma sabía que no estaba bien.

–¿Qué demonios haces? –le espetó.

Su protesta enfadó y excitó a Carlo, que sintió su erección pugnando por atravesar la tela vaquera del pantalón. Apartándole un mechón de pelo de la cara, se miró en sus ojos.

–A ver si te decides –contestó con voz grave–. Has dicho que nos hemos acostado...

–¡Y es verdad!

–Entonces, enseguida vas a comprender mi idea. Tal vez, tus labios y tu piel me hagan recordar. ¿Lo entiendes?

Dicho aquello, se inclinó sobre ella y capturó sus labios. Melissa se estremeció por varias razones. Para empezar, porque estaba siendo un beso muy alejado de la ternura y del aprecio, pero también porque la estaba besando con una maestría que la dejaba sin aliento. Y, por supuesto, porque hacía tanto tiempo... tanto tiempo...

–Carlo –suspiró.

–Dios... –contestó él sintiendo que los labios de Melissa cedían y derritiéndose ante ello.

No estaba preparado para una rendición tan temprana y apasionada. Habría preferido que Melissa hubiera opuesto resistencia. De haber sido así, habría podido someterla con sus labios y obligarla a confesar, pero Melissa no opuso batalla alguna.

Su cuerpo se derritió contra el de Carlo, sus pechos florecieron a la vida, sus suspiros y el movimiento de sus caderas se acompasaron.

Carlo sintió su erección perfectamente alineada con la feminidad de Melissa y maldijo en silencio. La idea había sido hacerle probar una pequeña dosis de su poder sexual, dejarla débil y deseosa, y lo había conseguido, sí, pero él también había caído en su propia trampa.

Tendría que haber dejado ya de besarla, tendría que haberla apartado con desprecio y haber dejado claro que su hijo podía ser hijo de cualquiera si entregaba sus favores con tanta facilidad.

Y, entonces, ¿por qué seguía besándola como si le fuera la vida en ello? ¿Y por qué se había aferrado a uno de sus pechos y le estaba acariciando el pezón?

–¡Oh! –exclamó Melissa sabiendo que debería apartarlo.

¿Pero cómo iba a apartarlo si le estaba encantando lo que le estaba haciendo? Melissa le acarició el pelo y las yemas de sus dedos tocaron una cicatriz en forma de zigzag que iba desde detrás de una de las orejas hasta la sien. Aquella distracción no duró mucho, pues lo que le estaba haciendo era demasiado incitante.

–Carlo –volvió a suspirar.

La facilidad con la que se estaba entregando a él lo estaba excitando y enfureciendo a partes iguales, pero aquellos suspiros inclinaron la balanza del lado del deseo y Carlo se encontró levantándole la camiseta como un adolescente desesperado por tocar la piel desnuda.

¡Y le estaba dejando!

Carlo deslizó una mano entre los muslos de Melissa y se paró durante un segundo. Melissa dejó de respirar.

–Eres buena –murmuró apartándose un momento para tomar aire.

«Demasiado buena», pensó mientras el deseo de bajarse la bragueta y penetrarla se apoderaba de él como si fuera un animal.

–Tú también –contestó Melissa deseando que la volviera a besar.

Quería que la besara y quería más, mucho más. ¿Estaría Carlo recordando su cuerpo y lo bien que se lo habían pasado juntos, que era lo que le estaba pasando a ella? ¿Qué había de malo en seguir y terminar lo que habían empezado para que Carlo comprendiera que su hijo había nacido como resultado de algo tan increíble?

–Te deseo –dijo Carlo.

–Yo también te deseo –contestó Melissa con voz trémula.

Aunque sentía el cuerpo de Melissa tan excitado como el suyo, Carlo sabía que aquello era una locura. Volvió a acariciarle la parte interna de los muslos. Sabía que podía tenerla. Allí mismo, en el suelo.

¿Y luego qué?

–No, no puede ser –declaró apartándose.

Vio el fastidio y la decepción en los ojos de Melissa, que tenía la respiración acelerada y entrecortada y que se llevó la mano a la boca para ocultar su desencanto.

Carlo sintió un alivio inmenso a pesar de que había renunciado a dar rienda suelta al deseo. Se sentía poderoso porque les había demostrado a ambos que tenía la situación controlada, que tenía una fuerza de voluntad muy fuerte.

Aquello le produjo una gran satisfacción. No creía que cualquier hombre hubiera sido capaz de renunciar a un festín sensual tan estupendo. Cuando vio que Melissa se bajaba la camiseta arrugada, se giró para concederle unos segundos a solas para que recuperara la compostura.

Y él hizo lo propio.

Cuando se volvió a girar, Melissa se había peinado con las manos. Todavía tenía el pelo mojado y revuelto, las mejillas sonrosadas y lo miraba con vergüenza y desafío.

—Entregas tus favores sexuales muy fácilmente —observó Carlo.

—Tú también —contestó Melissa—. ¿Por eso no te acuerdas de mí? ¿Acaso no recuerdas quién soy porque te has acostado con tantas mujeres que se te mezclan todas?

Carlo la miró enfadado.

—¿Cómo te atreves a hablarme así? ¡Eres una insolente!

—¡Tú me hablas exactamente igual! —exclamó Melissa indignada—. ¿Te crees que tú eres el único que puede insultar aquí? ¿Te crees que voy a permitir que me digas lo que te dé la gana porque eres rey? No, de eso nada. Seas o no rey, tienes unas responsabilidades que cumplir y no te vas a escaquear, que es lo que quieres.

—¿Yo? ¿Escaquearme yo? —la increpó Carlo con incredulidad.

—Sí, exactamente. Lo único que te pido es que conozcas a Ben, que lo veas una vez. Solo una vez. Quiero que lo veas para que te des cuenta de que es hijo tuyo. ¿Qué tienes que perder?

Carlo la miró y sonrió con tristeza. Mucho más de

lo que Melissa podía imaginar. Eso era lo que tenía que perder. Si tenía un heredero, todo cambiaría. Su vida y su futuro se alterarían de forma dramática.

Mientras la miraba, comprendió que Melissa no se iba a dar por vencida fácilmente y que, si cortaba la situación en ese momento, quedarían muchas preguntas sin respuesta en su cabeza. Esas preguntas sin respuesta lo perseguirían y, tal vez, le impedirían llevar a cabo la abdicación.

–¿Y si accedo a verlo y, aun así, sigo creyendo que no es mío? –le preguntó dubitativo–. Entonces, ¿te irías y me dejarías en paz para siempre?

Aquel requisito hizo que a Melissa se le rompiera el corazón porque dejaba muy claro que Carlo la quería fuera de su vida, pero ¿qué esperaba? Para él nunca había sido más que una aventura.

De haber sido solo ella quien estaba involucrada en aquella situación, se habría ido inmediatamente con la cabeza bien alta, pero no era así. Sabía que tenía que aceptar aquella cláusula.

Era una apuesta que tenía que hacer por Ben.

Melissa abrió la boca para acceder a su petición cuando algo la paralizó, algo que no cuadraba. ¿Por qué accedía Carlo a conocer a Ben si estaba tan seguro de que no podía ser hijo suyo? ¿Y por qué no se acordaba de ella? Melissa era consciente de que no era una mujer ante la cual los hombres giraran la cabeza, pero lo que habían compartido había sido bastante más que una noche de pasión y adiós.

Habían sido cinco días y ella era virgen.

Y en lo más profundo de sí misma sabía que, por muchas mujeres con las que se hubiera acostado Carlo, era imposible que no se acordara de ella.

Lo miró y vio que tenía el rostro sombrío y con expresión taciturna. Al haberle revuelto el pelo, la cicatriz quedaba ahora al descubierto. Aquella cicatriz no estaba allí hacía dos años, debía de tenerla como consecuencia del accidente.

De repente, lo comprendió todo.

¿Cómo no se le había ocurrido antes?

–Por eso no te acuerdas de mí –dijo.

–¿Cómo? –contestó Carlo poniéndose a la defensiva.

–El accidente... –contestó Melissa–. Tu hermano tuvo que hacer de regente unos días porque tú estabas malherido –añadió.

–Eso es agua pasada –le espetó Carlo, porque la mirada de Melissa lo estaba poniendo incómodo–. No quiero hablar de eso.

–El pasado siempre influye en el presente, lo sabes, ¿verdad? No te acuerdas de mí porque no puedes. Te diste un golpe en la cabeza y no puedes recordar –verbalizó mirándolo a los ojos con comprensión–. Tienes amnesia. Por eso no te acuerdas de mí, ¿verdad, Carlo?

Capítulo 4

CARLO sintió una oleada de rabia brutal mientras miraba a Melissa.

«Tienes amnesia. Por eso no te acuerdas de mí».

Apretó los puños con fuerza. La furia le corría por las venas. Nadie se había dado cuenta. Solo ella. Nadie sabía que había perdido una parte de la memoria. ¿Cómo era posible que aquella mujer se hubiera dado cuenta cuando nadie, absolutamente nadie, lo sospechaba?

—¿Cómo demonios te has dado cuenta? —le preguntó enfadado.

Melissa se percató de que no lo había negado y sus ojos volvieron a posarse en la cicatriz que tenía sobre la oreja. Imaginárselo tirado en el suelo, le hizo morderse el labio inferior de dolor.

—Por la cicatriz —contestó.

Carlo apretó los dientes.

—Eres más lista de lo que pareces —comentó.

«Y, probablemente, también más manipuladora», pensó compungido.

¡Seguro que a aquella mujer le encantaría saber que conocía una información que ni siquiera su hermano conocía!

Por otro lado, y aunque era una locura, era un gran alivio compartir con alguien la carga de su amnesia.

–Entonces, ¿no niegas que Ben puede ser tu hijo? –le preguntó Melissa esperanzada.

Ben. Carlo frunció el ceño. Ponerle nombre al niño añadía más complejidad todavía al asunto.

–Admito que es una posibilidad.

Era mejor que nada. A Melissa le entraron ganas de darle las gracias, pero no lo hizo. Su intuición la llevó a limitarse a asentir.

Carlo la estudió. Había estado a punto de irse con la idea de pasarse por Inglaterra en algún momento para conocer al niño, pero ahora la situación había cambiado.

Lo que Melissa sabía era peligroso. ¿Intentaría utilizar lo que sabía para hacerse un hueco en su vida? Todo el mundo sabía que la información era poder.

A Carlo se le ocurrió que había que redistribuir aquel poder y se dijo que sería absurdo desgastarse en luchas cuando había una forma mucho más placentera de obtener lo que quería.

Así que miró a Melissa. Se le había secado el pelo y le caía sobre los hombros. Se fijó de nuevo en sus piernas y en sus uñas sin pintar. sabía que no llevaba nada debajo de la horrible camiseta. Y, de nuevo, a pesar de que no era digna de él, volvió a desearla con ardor.

–Ven –le dijo.

Melissa parpadeó. No se esperaba aquello. Más bien, que la tratara con dureza y enfado. Ya no la miraba con furia. Todo lo contrario. ¿Seguro? Se fijó bien por si era su imaginación que le estaba jugando una mala pasada, pero no...

Carlo la estaba mirando de manera incitadora y vital. Sus labios habían cambiado de expresión, habían dejado de ser una línea cruel y ahora aparecían en todo su esplendor y sus ojos brillaban de una forma especial.

A pesar de su escasa experiencia, Melissa comprendió que aquel brillo indicaba que la deseaba.

–¿Por qué? –murmuró sintiendo que el corazón le latía aceleradamente.

–Déjate de jueguecitos. Sabes perfectamente por qué.

–Pero... pero... si me acabas de...

–¿Rechazar?

–Sí.

–Eso ha sido una estupidez por mi parte, una decisión mental, pero mi cuerpo tiene otro mensaje, un mensaje muy claro –le explicó Carlo encogiéndose de hombros–. Ven aquí, Melissa.

–No.

–¿Cómo? ¿Rechazas a tu rey?

–Tú no eres mi rey y sí, te rechazo –contestó Melissa.

–¿Por qué?

–Porque...

«Porque me haces hacer locuras y porque me podrías romper el corazón», pensó.

–Porque he venido a hablar de mi hijo y esto no me parece apropiado.

–¿Apropiado? –se burló Carlo–. ¿Acaso hay un protocolo en una situación tan rara como la que tenemos entre manos? –añadió, con la mente nublada por el deseo, pues la negativa de Melissa no había hecho sino aumentarlo, ya que no estaba acostumbrado a que nadie le negara nada–. Entonces, iré yo a ti, *bella mia*.

Melissa lo miró con los ojos desorbitados, pero no pudo hacer nada. Cuando vio que Carlo iba hacia ella, las sensaciones se apoderaron de ella. Era como ver a un depredador seguro y firme avanzar hacia ella y no poder hacer nada porque el cuerpo se le ha paralizado.

–No –murmuró.

–¿No qué? Por lo menos, procura ser más convincente –sonrió tomándola entre sus brazos.

Aquella sonrisa la hizo recordar aquellos tiempos agridulces en los que Carlo le sonreía sin parar, aquellos tiempos en los que se habían dejado llevar por el deseo y no se habían avergonzado en ningún momento por ello.

–¿Por qué frunces el ceño? –le preguntó Carlo acariciándola entre los ojos y deslizando el dedo hasta sus labios.

–¿No te das cuenta? –contestó Melissa con un hilo de voz.

Carlo se dio cuenta de que Melissa quería mostrarse cautelosa y comprendió que iba a tener que convencerla para que se rindiera, que era más lista y decidida de lo que él creía y que, si quería que cooperara con él, iba a tener que seducirla.

Seducirla de verdad.

La mejor manera de conseguir que una mujer hiciera lo que un hombre quería que hiciese era hacerla prisionera de sus propios sentidos.

Y lo cierto era que Carlo necesitaba a Melissa Maguire. Sí, la necesitaba para que lo ayudara a recuperar la franja de memoria que había perdido, a recordar su pasado y ver lo que había hecho durante aquel tiempo.

Al ver que a Melissa le temblaban los labios, sonrió satisfecho.

Sí, Melissa también lo necesitaba.

Quizás, más que él a ella.

Volvió a acariciarle los labios y vio que a Melissa se le dilataban las pupilas.

–¿No te gusta? –murmuró–. Pero si hace un momento me estabas pidiendo en silencio, con tu cuerpo, que te tomara.

Melissa tragó saliva. Sentía la yema del dedo de Carlo que se había movido y estaba recorriendo el contorno de su mandíbula. Aparentemente, era una caricia inocua, pero le había activado todas las terminaciones nerviosas del cuerpo y ahora sentía con más intensidad que nunca.

–Ya lo sé, pero no estamos aquí por eso, Carlo. Se supone que tenemos que... que tenemos que...

Quería decirle que tenían que hablar. Tenían que hablar de Ben y de lo que iba a pasar. ¿Pero cómo negarse cuando sentía los labios de Carlo por el cuello?

–Shh –dijo Carlo sintiendo que Melissa echaba la cabeza hacia atrás como si fuera una flor cuyo tallo no puede sujetar por más tiempo el peso.

–Deberíamos... deberíamos... –dijo Melissa.

Quería decir que deberían parar porque eso era lo que suponía que tenía que decir. Una vocecilla en el interior de su cabeza le advertía que sería un gran error permitir que la tomara con tanta facilidad, pero su cuerpo, muerto de deseo, y su romántico corazón, que había soñado con aquel momento muchas veces, le impidieron hablar y las palabras se perdieron como pompas de jabón en el aire cuando Carlo le tomó un pecho y comenzó a acariciarle el pezón con el pulgar.

–*Sí, cara*, tienes razón, deberíamos y, de hecho, lo vamos a hacer –le dijo con voz grave–. Lo vamos a hacer ahora mismo porque es lo que los dos queremos.

Lo había declarado de forma melosa, irresistible e innegable y, a continuación, deslizó la mano hacia la entrepierna de Melissa, desde donde lo llamaba el calor de su feminidad. Su piel parecía terciopelo y Carlo se dio cuenta del tiempo que había pasado desde que no hacía el amor con una mujer.

Hasta entonces, no había puesto ni el corazón ni el cuerpo en lo que estaba haciendo, pero, de repente, el deseo y la necesidad habían vuelto con creces y lo estaban devorando.

Por un instante, se preguntó si no estaría loco por haber elegido a aquella mujer para romper su celibato, pero entonces percibió el inequívoco aroma del deseo femenino y sintió que Melissa se tensaba ante sus caricias.

Carlo se contuvo durante varios segundos, haciendo que la tensión se hiciera cada vez más fuerte, sin subir hacia la entrepierna de Melissa, acariciándole la parte interna de los muslos sin dirigirse todavía hacia su dulce destino, haciendo que el deseo fuera en crescendo.

Melissa esperaba ansiosa y él lo sabía. Aun así, la hizo esperar todavía un poco más. Quería que se pusiera como loca, que lo deseara más que nada en el mundo para que, cuando por fin llegara el momento de hundir sus dedos en ella, jadeara de placer.

–¡Oh!

–Era lo que querías, ¿no?

–Sí, sí.

–Lo estabas deseando, ¿eh?

–¡Sí!

–¿Mucho?

Melissa sabía perfectamente lo que le estaba haciendo, estaba jugando con ella, demostrándole quién tenía el poder. Era consciente de que una mujer con más fuerza de voluntad que ella se habría apartado y le habría dicho que no estaba dispuesta a negociar nada que tuviera que ver con el sexo.

Pero, en aquellos momentos, ella no se sentía fuerte. Se sentía desvalida y dividida por emociones encontradas.

–¿Tanto como esto? –le preguntó Carlo al oído mientras adelantaba los dedos y comenzaba a acariciarle la entrepierna.

Melissa cerró los ojos.

«Dile que no», pensó.

Pero se encontró abriendo los puños, que había mantenido fuertemente cerrados, como margaritas al sol.

–Sí, sí. Oh, por favor... ¡sí!

Carlo sentía como Melissa iba alcanzando cotas de placer rápidamente. En otras circunstancias, la habría llevado al orgasmo antes de buscar él el suyo, pero aquellas no eran circunstancias normales, así que miró a su alrededor rápidamente.

¿En el suelo? ¿Y la cama? No, la cama no. Bajo ningún concepto. Si la llevaba a la cama, a lo mejor tenía la tentación de pasar toda la noche con ella.

Sin previo aviso, la tomó en brazos y la condujo a uno de los sofás, a cuyo costado la dejó en pie. A continuación, la tomó de la barbilla y le levantó el rostro para que sus ojos quedaran en contacto.

–Desvísteme –le ordenó.

Melissa no era una novicia, pero así se sintió hasta que recordó que Carlo le había enseñado todo lo que sabía. Le temblaban los dedos, pero consiguió desabrocharle el botón y bajarle la cremallera de los pantalones. Cuando le bajó los pantalones alrededor de la abultada erección, lo oyó gemir de placer.

Se sintió tímida cuando el bulto quedó al descubierto. No se atrevía a tocarlo y casi agradeció que Carlo le apartara la mano para deshacerse de los vaqueros. Melissa le sacó la camiseta por la cabeza y, a continuación, se quitó ella también la suya.

Carlo la miró rápidamente, como si la estimulación visual no fuera suficiente, como si necesitara más, como si no pudiera esperar...

Pero se contuvo lo suficiente como para sacar del bolsillo del pantalón que se acababa de quitar un paquetito plateado.

–¿Tan seguro estabas de que me iba a acostar contigo? –le preguntó Melissa haciendo una mueca de disgusto.

–¿Tan equivocado estaba? –se burló él.

–¿O es que acaso siempre vas preparado por lo que pueda pasar? –quiso saber Melissa mientras la tumbaba en el sofá y se colocaba encima.

–No creo que estés en posición de interrogarme –contestó Carlo acercando los labios a su oreja y colocándole las manos en las caderas y posicionándose entre sus piernas–. De hecho, la posición que tienes solo te va a servir para una cosa... para esto... ¡esto!

Y, dicho aquello, la penetró con urgencia, adentrándose profundamente en su cuerpo. Melissa gimió de placer y se aferró a sus hombros. Carlo comenzó a moverse en su interior con tanta rapidez y pasión que Melissa se quedó sin aliento.

Sentía que el deseo y el placer eran cada vez más fuertes y que no controlaba sus sensaciones. No se podía creer que estuviera ocurriendo tan deprisa. No tardó mucho en sentir el placer explotar en mil pedazos a su alrededor, conduciéndola a un orgasmo tan intenso que la dejó vulnerable y temblorosa entre los brazos de Carlo.

Melissa lo oyó gritar de placer, sintió como se tensaba todo su cuerpo y lo recibió encima del suyo cuando se desplomó.

Intentó mantener la compostura, pero, al darse cuenta de lo que acababa de hacer, no pudo evitar que se le saltaran las lágrimas.

Carlo fue volviendo a la realidad poco a poco y besó a Melissa. Al percibir algo salado en su mejilla, se apartó ligeramente y frunció el ceño. Mientras la miraba, una frase se le vino a la cabeza, pero solo duró un instante.

Estrellas de esmeralda.

–¿Lloras? –murmuró limpiándole una lágrima con la punta del dedo.

Se sentía inmensamente satisfecho, pues la tenía exactamente donde quería. Melissa lo deseaba y, aunque de momento, había quedado saciada, pronto lo volvería a buscar y esa debilidad permitiría a Carlo dirigir la situación.

–Y yo que creía que el placer sexual te haría sonreír.

¿Placer sexual?

A Melissa le entraron ganas de abofetearlo, pero ¿cómo lo iba a hacer cuando todavía seguía estando íntimamente unida a él, cuando todavía sentía su erección pulsando en el interior de su cuerpo? Se sentía tremendamente vulnerable, como si le hubieran arrancado la piel y su corazón hubiera quedado expuesto a todo el mundo.

Y, además, temía que, si elevaba una mano para abofetearlo, sus dedos terminarían encontrando y enredándose en el vello de su torso.

Así que lo miró a los ojos.

–¿Y ahora qué? –le preguntó con voz trémula.

Capítulo 5

BEN, BEN...
Demasiado tarde.

Melissa alargó la mano para recuperar el tarro de yogur biológico de frambuesa que su hijo agitaba en el aire, pero el pequeño fue más rápido y, en un abrir y cerrar de ojos, se lo había tirado por el pelo.

—¡Oh, Ben! —gritó Melissa horrorizada.

—¡*Den!* —repitió el pequeño, que todavía no había logrado pronunciar bien la letra b.

Melissa lo sacó de la trona y miró el reloj de pared. Carlo iba a llegar en un cuarto de hora y Ben, al que había acicalado cuidadosamente, olía a helado de frutas.

Se había puesto perdido el peto y Melissa se arrepintió de haber dado de comer a su hijo tan cerca de la llegada de su padre, pero no había querido arriesgarse tampoco a que el niño tuviera hambre y montara un numerito.

«Si no hubiera estado mirándome al espejo, me habría dado cuenta de que se iba a echar el yogur por encima».

Para intentar aliviar a Ben, que la miraba compungido, comenzó a cambiarlo de ropa. Lo cierto era que el episodio la había pillado distraída, mirándose al espejo, porque no había tenido tiempo para sí misma ya que lo había ocupado todo en asegurarse de que Ben fuera el niño mejor vestido del mundo.

Y, de repente, se había dado cuenta de que estaba horrible.

¡Siempre le pasaba lo mismo con Carlo!

Melissa se apresuró a desnudar a su hijo y a meterlo en la bañera con un poco de jabón. A continuación, le volvió a poner el pañal. Para entonces, Ben estaba enfadado.

–Shh, cariño, tranquilo –le dijo Melissa mientras el niño se negaba a meter la cabecita por el cuello de la camiseta que su madre había elegido.

Pero Ben no cedía y, en un abrir y cerrar de ojos, se vieron metidos en la típica pelea entre madre e hijo. Normalmente, Melissa siempre cedía porque le daba igual la ropa que llevara el pequeño, pero en esa ocasión era importante que estuviera perfecto.

En aquel momento, llamaron al timbre.

Melissa se quedó paralizada, sintiendo una mezcla de excitación y miedo.

Carlo.

Cuando la había llamado para decirle que iba a Inglaterra, no lo había creído del todo. En realidad, no se había atrevido a creerlo por si al final no iba. La verdad era que, en parte, creía que Carlo preferiría olvidarse de ella por completo.

Pero parecía que había cumplido su promesa porque estaba llamando al timbre.

¡Carlo estaba en su casa!

–Ben, cielo, esto es muy importante –le dijo a su hijo tomándolo en brazos–. Hay un señor muy importante en la puerta –añadió.

«Y es tu padre», pensó sintiendo que el corazón le latía desbocado mientras iba a abrir.

Carlo esperaba impaciente a que le abrieran. A ver si Melissa se daba un poco de prisa. Aunque la verdad era que tampoco le hacía demasiada gracia entrar en aquella casa cochambrosa.

Desde el mismo momento en el que el coche había parado delante de aquel modesto edificio de viviendas, se había sentido mal.

Faltaba una letra en el nombre del edificio y había una ventana rota en el cuarto piso. En lugar de césped, había tierra seca y agrietada. La única vegetación era un árbol escuálido. Los dos guardaespaldas que lo acompañaban le habían pedido que no se bajara del coche, pero los había ignorado.

–Es importante –les había dicho.

–Pero, Majestad...

–¡Basta! –los había interrumpido Carlo–. Me vais a esperar en el coche, ¿de acuerdo? No os mováis de aquí hasta que yo vuelva. ¿Entendido?

Los guardaespaldas no habían tenido más remedio que acatar sus órdenes, pero era evidente que no les había hecho ninguna gracia.

Carlo había elegido realizar aquella visita completamente de incógnito y lo que había visto hasta el momento lo había sorprendido mucho.

Carlo había viajado mucho en su vida. Bueno, todo lo que le había permitido su papel de príncipe heredero. Su padre se había encargado de que todos los veranos tuviera tutores extranjeros de países diferentes. Por supuesto, sabía que era inmensamente rico y privilegiado y, por supuesto, también sabía que no todo el mundo vivía como él, pero nunca había conocido personalmente a nadie que viviera así.

La cosa no mejoró cuando subió al piso de Melissa. Las escaleras eran estrechas y oscuras y les hacía falta una buena mano de pintura.

Carlo rezó en silencio para que todo aquello hubiera sido un terrible error, para que en los quince días que hacía que Melissa se había ido de Zaffirinthos hubiera descubierto la identidad del verdadero padre de su hijo y para que, por supuesto, no fuera él.

Seguramente, sería un cartero o un mecánico, pero no él.

Así que allí estaba esperando, y ya llevaba una eternidad, a que Melissa abriera la puerta. Cuando lo hizo, cargaba en brazos a un bebé que estaba a medio vestir.

–Lo siento –se disculpó–. Ben acaba de tener un pequeño percance.

–¿Un percance? –se alarmó Carlo.

–Nada grave –lo tranquilizó Melissa–. Se ha tirado un yogur por encima y se ha enfadado porque lo he bañado otra vez y ahora no me deja que lo vista.

Carlo frunció el ceño.

Los bebés no le eran extraños, pues Xaviero y Catherine tenían a Cosimo y él lo veía de vez en cuando, pero siempre en festividades y días especiales y siempre inmaculado e impecable con sus conjuntos blancos y azules o amarillos. Lo había visto en un par de ocasiones después de que lo bañaran, pero no se parecía en absoluto a aquella criatura sonrosada y llorona que no se dejaba vestir.

Carlo estaba seguro de que no era el padre de aquel niño.

–¿Puedo entrar? –le preguntó a Melissa de manera cortante.

–Sí, sí, claro... pasa... –le dijo ella.

Estaba compungida por lo que Carlo pudiera pensar de su casa. Sabía que era un lugar humilde y no había tenido tiempo ni dinero para reformarlo. Además, no tenía pensado seguir viviendo allí mucho más tiempo.

Dentro de lo que cabía, estaba contenta porque había conseguido mucho con poco. Para eso le había servido el ojo artístico que su jefe siempre le decía que tenía. Había puesto flores baratas por todas partes en maceteros de colores, el café se estaba haciendo y todo estaba limpio y ordenado.

Excepto la trona manchada de yogur, claro.

Carlo entró y su presencia y su altura fueron más que suficientes para que Ben mirara a su madre atemorizado.

—Tranquilo, mi vida, no te va a hacer daño.

Carlo lo miró perplejo. El niño había cerrado los ojos con fuerza y todo indicaba que se avecinaba una buena llorera que Melissa parecía dispuesta a aguantar sin rechistar.

Sin saber por qué, silbó de aquella manera tan peculiar suya, baja pero aguda, que solía utilizar para llamar a su caballo antes del accidente.

De repente, el niño se calmó, abrió los ojos llenos de lágrimas sorprendido y alarmado y se quedó mirando fijamente a Carlo.

Carlo se encontró mirándose en unos ojos del mismo color que los suyos.

Un escalofrío lo recorrió de la cabeza a los pies y sintió algo a lo que no supo ponerle nombre en ninguno de los idiomas que hablaba. Tal vez, sorpresa. Sí, desde luego, era sorpresa, pero también reconocimiento.

Aunque sus enemigos solían decir de él que era testarudo y arrogante, Carlo no era tonto y se dio cuenta al instante de que aquellos ojos eran los mismos que había en su árbol genealógico desde que sus antepasados se habían instalado en la idílica isla de Zaffirinthos.

Melissa miró a aquel hombre que dominaba todo su salón y no pudo evitar albergar esperanzas.

–¿Qué... qué te parece? –le preguntó con cierta ansiedad.

Carlo se giró hacia ella. A medida que fue entendiendo las posibles consecuencias de su descubrimiento, comenzó también a enfadarse.

¿De verdad aquel niño era suyo?

¡Cómo no lo iba a ser con aquellos ojos!

La ansiedad que reflejaba la cara de Melissa le recordó la de los vendedores del mercado cuando el día no había ido bien y, de repente, se acercaba un comprador y tenían la sensación de que, por fin, iban a realizar una buena venta.

–¿A qué te refieres concretamente? –le espetó.

Lo cierto era que su tono de voz no dejaba mucho espacio para seguir albergando esperanzas, pero Melissa decidió no perder la calma y seguir rezando.

–A... Ben –contestó intentando sonreír.

Le podía haber dicho «a tu hijo», pero le pareció un poco pretencioso.

Carlo ignoró el repentino dolor que sintió en el corazón al mirar al bebé de pelo mojado y pañal y decidió tratar el asunto de manera superficial, como solo los reyes podían y sabían hacer.

–¿Siempre está en pañales cuando vienen invitados a casa?

–Ya te he dicho que se ha manchado de yogur –contestó Melissa ocultando la vergüenza y echando los hombros hacia atrás en actitud defensiva.

Carlo miró a su alrededor y volvió a mirar a Melissa. A pesar de que lo que lo rodeaba le parecía pobre y descuidado, no había censura en su voz, sino preocupación.

–¿Te parece esta manera de educar al que tú dices que es el heredero del trono de Zaffirinthos?

–No he tenido otra opción –contestó Melissa escuetamente, pues no estaba dispuesta a explicarle en detalle su precaria situación económica–. Lo que importa es que es un niño feliz.

–¿Ah, sí? –se burló Carlo enarcando una ceja.

Melissa se dio cuenta de que no había sido un comentario muy acertado por su parte teniendo en cuenta que Ben acababa de dejar de llorar hacía un segundo.

Además, comprendía que alguien como Carlo, que vivía rodeado de lujo, glamour y dinero, se horrorizara al ver su casa.

–¡Sí! ¡Claro que es feliz!

Al decirlo, miró a su hijo y se dio cuenta de que había comenzado a frotarse los ojitos, un gesto que hacía cuando tenía sueño. Aunque sabía que lo que debía hacer era meterlo en la cuna, había algo que la impulsaba a mantenerlo despierto todo lo que pudiera.

¿Por qué? ¿Para evitar que ocurriera algo entre Carlo y ella?

Ben comenzó a gimotear de nuevo y Melissa suspiró y aceptó lo inevitable.

–Voy a acostarlo –anunció.

Y, por un momento, tuvo la loca idea de preguntarle a su hijo si quería darle las buenas noches a su papá. Por supuesto, no lo hizo, sino que se giró con el niño en brazos y se alejó.

Carlo no la siguió.

Así que no iba a haber cuento con final feliz, no iba a haber rey derritiéndose junto a la cuna de su hijo recién descubierto.

Melissa consiguió cumplir con su rutina habitual, encendió el móvil de colores que había sobre la cunita de Ben y tarareó la canción de la oveja Lucera que tanto gustaba al pequeño. Cuando terminó, le acarició el pelo y la mejilla a su hijo y se despidió de él.

–Buenas noches, cariño –le dijo apagando la luz.

Había tardado un buen rato. Ojalá Carlo se hubiera aburrido y se hubiera ido. ¿Por qué deseaba aquello con el enorme esfuerzo que le había costado que estuviera en su casa? Entró en el salón y vio que seguía allí.

Tenía que convencerlo de que Ben era hijo suyo, de que le había dicho la verdad.

Hacía quince días que no se veían, desde que se había dejado seducir como una estúpida. Tras hacer el amor, Carlo la había dejado desnuda y confusa en el sofá, se había vestido en silencio y le había prometido que iría a Inglaterra a conocer a Ben.

Durante aquellas dos semanas, Melissa había pensado mucho en él. En realidad, no había podido pensar en otra cosa. Había pensado en Carlo como padre de Ben, pero también como su pareja y amante.

La última vez que habían estado juntos, se había mostrado técnicamente perfecto, pero emocionalmente frío y distante. Se había mostrado encantado de hacerla tener un orgasmo tan rápidamente. Le debía de dar una profunda satisfacción saberse con aquel poder sobre ella.

La había mirado con aire arrogante y triunfal mientras ella gritaba y jadeaba y, luego, se había apartado como si le diera asco.

Desde luego, aquel día no estaba dispuesta a resultar una presa tan fácil.

–¿Quieres un café? –le preguntó con educación.

–No he venido hasta aquí para tomarme un café contigo.

–¿Eso es un no?

Carlo se quedó mirándola receloso, pues no le había gustado en absoluto el punto de sarcasmo que había detectado en la voz de Melissa.

–He venido para hablar del asunto en cuestión.

Melissa se quedó en silencio. Era consciente de que podrían estar toda la noche pasando de puntillas sobre el asunto en cuestión sin llegar a nada y confundiendo todavía más la situación.

Miró a Carlo a los ojos. A lo mejor debería sentirse acobardada por su presencia en su humilde casa o avergonzada por la facilidad con la que le había permitido seducirla por segunda vez, pero no se sentía ni lo uno ni lo otro.

La maternidad le había quitado y le había dado muchas cosas. Una de las más importantes era la fuerza para luchar por los derechos de su hijo.

–Ahora que lo has visto no te parece tan increíble lo que te conté, ¿verdad?

Carlo no estaba preparado para aquello.

–¿A qué te refieres exactamente?

–A los ojos. Es evidente que son tuyos.

–¿Los ojos?

«Lo está negando adrede», pensó Melissa.

–No conozco a nadie que tenga ese color de ojos. Solo tú –insistió.

Carlo se rio.

–¡No creo que eso tenga validez en un tribunal!

–¿En un tribunal? –tartamudeó Melissa.

–Claro. ¿Acaso te creías que te iba a resultar tan fácil?

–No... no te entiendo.

–¿Ah, no? ¿De verdad te creías que podías decirle a un rey que tienes un hijo suyo y que tanto él como sus súbditos iban a aceptarlo tranquilamente y a mostrar su júbilo? –le espetó triunfal.

–Yo creía que... yo creía que...

–¿Qué es lo que creías, Melissa?

–Que a lo mejor te hacía...

–¿Ilusión? –se burló Carlo–. ¿Te creías que me iba a comportar como un papá orgulloso deseoso de presentar a su hijo al mundo?

Aquellos comentarios crueles estaban haciendo mella en ella, pero Melissa seguía creyendo en su hijo y en su felicidad.

–Creí que, una vez disipada la confusión inicial, te alegrarías, sí.

–¿La confusión inicial? –gritó furioso–. ¿Estás loca? ¿Tú sabes lo que significa esto?

Melissa se quedó mirándolo fijamente y recordó lo que había dicho al ver por primera vez a su hijo. «¿Siempre está en pañales cuando vienen invitados a casa?» ¿Qué tipo de comentario era aquel?

Tal vez, su hijo estaría mejor sin un padre como Carlo.

–Bueno, así que no te gusta lo que te he contado, ¿eh? –le espetó furiosa–. Muy bien. Pues ya está. Yo he cumplido con mi obligación de decírtelo. No te necesitamos para nada. Nos hemos apañado muy bien sin ti hasta el momento y seguiremos haciéndolo. Ya tienes lo que querías. Te puedes ir y olvidarte de nosotros porque jamás te molestaremos.

Carlo sonrió encantado.

Melissa estaba jugando de maravilla su parte.

–¿Cuánto? –le preguntó.

–¿Cuánto qué? –contestó ella.

–¿Cuánto me va a costar?

Al principio, Melissa no lo entendió, era como si

le estuviera hablando en griego, pero, de repente, lo comprendió y sintió que se le partía el corazón.

–¿Crees que te quiero chantajear?

–No te pongas dramática. Creo que en estos casos el término más aceptable es «comprar tu silencio». ¿Cuánto quieres?

¿Aceptable? *¿Aceptable?* ¿Qué había de aceptable en la manera en la que Carlo la estaba hablando y tratando? Le estaba rompiendo el corazón.

–¿Crees que quiero que me des dinero?

–¿No es así? –contestó Carlo paseando la mirada por la estancia–. Yo lo querría si fuera tú.

De repente, Melissa vio su casa a través de los ojos de Carlo. Los muebles estaban viejos por muchos cojines de colores que hubiera puesto, los techos bajos, las ventanas de mala calidad... todo en aquel lugar era barato.

Por eso, precisamente, vivía allí.

¿Pero qué iba a saber aquel hombre de la pobreza?

–¡No quiero tu dinero! ¡No quiero nada de ti! –le gritó.

–Ambos sabemos que eso no es cierto –contestó Carlo en tono seductor.

Melissa sintió que se sonrojaba. Qué despreciable por parte de Carlo recordarle aquel encuentro apasionado que habían vivido en Zaffirinthos, cuando Melissa le había dejado introducirse en su cuerpo a pesar del evidente rechazo que sentía por ella.

–Vete –le dijo.

–No hemos tomado ninguna decisión.

–No hay ninguna decisión que tomar. Tú no quieres conocer a tu hijo y yo no quiero tu dinero. Se acabó la historia. No hay nada más que decir.

–Te equivocas, *cara mia* –contestó Carlo agarrándola de repente y apretándola contra su torso fuerte y musculado.

–¡Carlo! –gimió Melissa.

–La historia no ha hecho más que empezar.

–¿Cómo?

–¿Te crees que puedes lanzar una bomba así e irte de rositas después de la devastación que has provocado?

–¿Devastación?

–Sí –contestó Carlo percibiendo la mezcla de olores a lilas, jabón y yogur y reaccionando con un fuerte deseo–. Si el niño...

–Ben.

–Ben –concedió a regañadientes–. Si Ben es mío... habrá muchas repercusiones en su futuro.

«Y en el mío», añadió mentalmente.

–¿Qué tipo de repercusiones?

Carlo la miró, se fijó en sus enormes ojos verdes que aquel día parecían más verdes que otros, posiblemente por la poca luz que había en aquella casa, en los temblorosos labios y en la translúcida piel que parecía más translúcida que nunca porque la cola de caballo en la que se había recogido el pelo tiraba de ella. Era alta para ser mujer y llevaba vaqueros, lo que realzaba sus larguísimas piernas.

De repente, Carlo se encontró recordándolas enredadas alrededor de su cintura desnuda. También recordó sus jadeos de placer, cómo la había penetrado y su propio orgasmo.

–¿Qué tipo de repercusiones? –insistió Melissa.

Le brillaban los ojos con intensidad y Carlo sintió ganas de apoderarse de sus labios. Sería lo único placentero que sacaría de aquel desagradable lío.

–Este tipo de repercusiones –le dijo inclinándose sobre ella.

Melissa sabía que había diferentes tipos de besos. Había besos de tanteo y besos apasionados, pero también había besos como aquel...

Aquel beso obligó a sus labios a separarse y a sus rodillas a doblarse, aquel beso hizo que su cuerpo se apretara contra el de Carlo en una horrible muestra de cómo lo deseaba y, sin embargo, la frialdad con la que lo ejecutó le recordó lo poco que la respetaba como persona.

La estaba besando sin ningún afecto, pero, aun así, Melissa se estaba entregando sin remedio, la estaba privando de toda autoestima.

¡No debía permitirlo!

Le costó un esfuerzo sobrehumano, pero consiguió apartarse.

—¡No! —exclamó dirigiéndose al otro extremo del salón para no estar cerca de él.

A continuación, se cruzó de brazos para ocultar sus pezones erectos e intentó controlar su ahogada y acelerada respiración.

—¿Cómo que no? —contestó Carlo con incredulidad.

—¿Qué... qué... te crees que ibas a conseguir? —le preguntó Melissa—. ¿Te crees que puedes entrar en mi casa así como así y que me voy a entregar a ti sin reservas?

—Eso es lo que hiciste la última vez, ¿no? —le contestó para herirla—. No presentaste batalla.

—No te acuerdas de la anterior vez a esa, ¿verdad? —le espetó Melissa con amargura.

Carlo ni se inmutó.

—Cuéntame cómo fue. ¿Te tuve que convencer con vino y rosas antes de que sucumbieras? ¿Tardé mucho en conseguir que te acostaras conmigo? —le preguntó viendo que Melissa se sonrojaba.

Qué bruto era aquel hombre.

–Esta vez no va a pasar nada –le dijo mordiéndose el labio inferior–. Por muchas cosas. La primera porque mi hijo duerme en la habitación de al lado.

A pesar de los pesares, aquello le demostró a Carlo que Melissa no recibía hombres en su casa.

–Te vas a tener que hacer las pruebas de ADN –anunció.

–¿Cómo dices? –contestó ella.

–Ya me has oído.

–No pienso...

–Sí, lo harás –la interrumpió Carlo alzando la mano con resolución–. Debes hacerlo. No te queda más remedio. Siempre y cuando quieras que ese niño sea reconocido como mi heredero.

–¡Pero si lo acabas de ver! –exclamó Melissa–. Ya has visto que se parece mucho a ti. Mi tía dice que nunca ha visto a nadie con ese color de ojos.

Carlo no podía negar que aquel color de ojos no era nada común, que prácticamente los únicos que lo tenían eran los miembros de la familia real de Zaffirinthos, pero Melissa no comprendía algo que para él era muy evidente.

–¿Te das cuenta de la cantidad de locas que tenemos que aguantar al año?

Melissa se quedó helada.

–¿Locas?

–Son gajes del oficio. Tengo que bregar con todo tipo de gente. En palacio se presentan futurólogos que me quieren advertir sobre una muerte inminente, personas que dicen que me conocieron cuando éramos pequeños, mujeres que...

–Mujeres que proclaman que eres el padre de sus

hijos –completó Melissa mirándolo con tristeza–. ¿Es eso lo que piensas de mí, que soy una loca?

Por cómo lo había dicho, Carlo sintió una punzada de dolor, pero no se lo podía permitir.

–No, no lo creo –se limitó a contestar–. De todas formas, quiero que entiendas que nada de esto tiene que ver con mis pensamientos o mis sentimientos, sino que tengo que solucionar este asunto de la mejor manera posible. Sobre todo, a la hora de presentárselo a mis súbditos. He examinado mi agenda, he mirado los días que me dijiste... ¿cuánto tiempo dices que tiene el niño?

–Trece meses –contestó Melissa.

Carlo asintió.

–Sí, las fechas coinciden. Estaba en Inglaterra los días que dijiste.

–Entonces, si las fechas coinciden y Ben tiene los mismos ojos que tú, ¿por qué me tengo que hacer las pruebas de ADN? –murmuró Melissa.

–Porque soy rey y mi vida se rige según la Constitución de mi país –contestó Carlo con repentina amargura–. Yo no tengo la libertad que la gente cree, no tengo la libertad de la que disfrutan otros hombres.

Aquella frase tan brutalmente sincera hizo que Melissa comprendiera que, además de los privilegios económicos, ser rey entrañaba ciertos aspectos negativos. Carlo era un hombre amargado y solitario.

Melissa se estremeció.

¿Qué tipo de caja de los truenos estaba abriéndole a Ben?

–Ah, comprendo.

Carlo pensó en su discurso de abdicación y la miró con más amargura todavía.

–No le puedo decir a mi gente que crea en la palabra de una plebeya en un asunto de tanta importancia. Debemos aportar las pruebas de paternidad, así que no hay más remedio que hacerse las pruebas de ADN. Lo he consultado con mis asesores y todos han estado de acuerdo en que es la única manera.

Melissa tembló, pues Carlo había hablado con una resolución inquebrantable. ¿Acaso no había soñado con que Carlo reconociera a su hijo? ¿Y no parecía que eso era exactamente lo que iba a hacer?

Sí, pero iba a tener que demostrar que Ben era hijo suyo, lo que se le antojaba indignante.

Su futuro y el de su hijo se iban a resolver en la frialdad de un laboratorio.

Melissa se mordió el labio inferior.

Y recordó lo que tantas veces había oído.

«Hay que tener cuidado con lo que se pide porque se puede hacer realidad».

Capítulo 6

EL RESTAURANTE era discreto.

Claro, ¿cómo iba a ser si no? Cuando los reyes cenaban con plebeyas no iban a lugares de moda para que los paparazzi de medio mundo los fotografiaran.

–Tenemos que hablar –le había dicho Carlo secamente cuando la había llamado aquella tarde para anunciarle que tenía los resultados de las pruebas de ADN.

Presa del pánico, Melissa había llamado a su tía Mary para que se quedara con Ben. Para ello, había tenido que esquivar unas cuantas preguntas incómodas porque su tía quería saber qué le había surgido tan de repente.

Melissa le había dicho que no, no tenía que trabajar y que no, tampoco era una cita. Sabía que aquello había decepcionado a su tía, pues la mujer estaba empeñada en que Melissa, a la que adoraba, encontrara a un joven agradable que cuidara de ella y del niño.

Cuando la limusina que Carlo había mandado a buscarla paró delante de su casa, Melissa se preguntó qué pensaría su tía si supiera con quién iba a cenar. Podría resultar divertido si no fuera tan serio el asunto por el que se iban a reunir.

En cualquier caso, Carlo no encajaba en la descripción de joven agradable.

El interior del restaurante era como algunos lugares en los que había trabajado con Stephen durante aquellos años. Era de esos locales muy lujosos en los que los gastos ni se miraban.

En aquella ocasión la diferencia era que no estaba trabajando, sino que iba a cenar allí, que era muy diferente.

Melissa sentía que la cabeza se le había acelerado al pensar en la noche que tenía por delante. Al llegar y cuando el maître le indicó una mesa situada en una zona apartada y acordonada, notó que le sudaban las palmas de las manos.

Carlo ya la estaba esperando. Estaba sentado de espaldas a ella.

¿Habían sido imaginaciones suyas o el maître se había quedado anonadado cuando le había dado su nombre? ¿Tan fuera de lugar estaba?

Había hecho todo lo que había podido para elegir una ropa apropiada. Por lo menos, que no hiciera que los demás comensales la miraran. Carlo le había dicho que se vistiera como si fuera a una reunión de trabajo. En cierta manera así era, pues iban a trabajar sobre el futuro de su hijo.

Entonces, ¿por qué le había molestado el comentario? ¿Porque le había hecho imaginar que se avergonzaba de que lo vieran con ella? Seguramente, había querido que le quedara claro a cualquiera que los viera cenando juntos que aquello era una reunión de trabajo, que aquella mujer estaba muy bien para organizar fiestas, pero nada más.

Pues lo cierto era que en el pasado había tenido algo más con ella.

Aunque no se acordara.

Melissa rezó para que su sencillo vestido negro y sus pendientes de perlas falsas fueran aceptables y se aproximó a la mesa. Cuando Carlo elevó la mirada hacia ella, Melissa sintió que la cabeza le daba vueltas. Llevaba un traje gris marengo que le quedaba a la perfección, camisa de seda color crema y corbata en tono oro viejo.

No se levantó. Se limitó a saludarla con la cabeza de manera informal y a mirar al maître, que se apresuró a esfumarse.

¿Quién iba a imaginar que aquella mujer a la que había acompañado y el rey de ojos dorados habían sido pareja durante unos días?

Aquel pensamiento entristeció a Melissa.

–Siéntate –le indicó Carlo.

–Gracias.

–He pedido comida y bebida, pues tenemos cosas muy serias de las que hablar y no quería que nos estuvieran interrumpiendo constantemente. Espero que no te importe –anunció Carlo señalando las copas de vino que había sobre la mesa.

Melissa se preguntó qué habría pensado Carlo si le hubiera dicho que sí, que sí que le importaba, que le gustaba leer las cartas y concederse unos minutos para dudar y elegir lo que le apetecía comer.

Claro que, una no protesta cuando un rey le elige la cena, ¿verdad? Melissa se preguntó si alguien le habría objetado algo a aquel hombre en su vida.

En cualquier caso, apenas tenía apetito.

–No, no me importa.

–¿Quieres vino?

Melissa pensó en el peligro de beber vino, pues sabía por experiencia propia cómo alteraba la percepción del mundo, cómo intoxicaba suavemente y llevaba a mirar a los ojos a la persona que se tenía enfrente.

Entonces, recordó que aquella persona le había hecho el amor en el sofá...

Al instante, sintió que se sonrojaba.

«No, no me hizo el amor. Para él, no fue más que sexo, sexo rápido y sin sentimiento. Me hizo sentirme como una porquería... no, lo último que necesito es beber vino», pensó Melissa.

–Prefiero agua, gracias –contestó agradeciendo la copa del preciado líquido y bebiendo sedienta.

A pesar del agua ingerida, la sensación de sequedad en la garganta no se le disipó.

Carlo probó el Petrus de su copa y la estudió detenidamente.

–Tengo los resultados de las pruebas –comentó.

–¿Y?

Melissa se preguntó para qué preguntaba si sabía perfectamente el resultado de aquellas pruebas. Probablemente, por lo mismo que había permitido que aquel médico hurgara en la boca de Ben el día anterior por la tarde, porque desde que le había hablado de su hijo a Carlo había perdido el control sobre su propia vida.

Había llegado el momento de recuperarlo.

–Positivo –contestó Carlo–. En un noventa y nueve coma nueve por ciento.

–Tendrías que haberte fiado de mí. Te habrías ahorrado el dinero.

–¿Estás de broma?

–Todo este asunto no tiene nada de broma –contestó Melissa.

Carlo frunció el ceño. Había esperado que el hecho de que admitiera la paternidad de su hijo hiciera que Melissa se mostrara aliviada e incluso agradecida, pero se había quedado mirándolo de manera un tanto desafiante, lo que lo sorprendió.

–Tenemos que decidir qué vamos a hacer –comentó Carlo.

Melissa abrió la boca para contestar, pero, en ese momento, llegó un camarero para colocar ante ellos sendos platos de pescado al horno con ensalada junto con una cesta de pan recién hecho.

Melissa esperó a que el camarero se hubiera ido para hablar.

–¿Qué quieres decir con qué hacer?

–¿Qué creías que iba a pasar cuando demostraras que soy el padre del niño?

–Ben –contestó Melissa vehementemente–. Se llama Ben.

–¿Qué creías que iba a pasar? –insistió Carlo.

Melissa se quedó mirando las ramitas de eneldo que decoraban su plato antes de volver a mirarlo a los ojos y tener que soportar la acusación que veía en ellos.

–Creía que querrías verlo de vez en cuando.

Carlo se rio.

–¿Creías que iba a aparecer y a desaparecer de su vida? Y, sin duda, también creías que te iba a dar un buen cheque para que vivierais mejor.

–Te he dicho desde el principio que no quiero dinero y lo sigo manteniendo. No tengo por qué cenar contigo y aguantar tus insultos, Carlo.

–No te queda más remedio –contestó Carlo en tono amenazante–. Si montas un numerito aquí, te arrepentirás. Este restaurante es de un amigo y el coche en el que has venido es mío. El conductor no te llevará a ningún sitio si yo no se lo digo y, desde aquí, tardarás un buen rato andando hasta... esa casa en la que vives.

Aquello fue la gota que colmó el vaso.

¿Acaso no se daba cuenta aquel hombre de lo duro que había sido para ella salir adelante con un sueldo como el que tenía? No, probablemente, no se daría cuenta y, aunque se la diera, le daría igual.

De repente, se le pasó por la cabeza desafiarlo, levantarse, salir a la calle y parar un taxi para volver a casa, pero no podía hacerlo porque era responsable de su hijo. Además, no se puede huir de las cosas solamente porque hacen sentir incómodos, hay que quedarse y presentar batalla por muy arrogante y cruel que sea la persona que se tiene delante.

–¿Por eso me has traído aquí? ¿Para aislarme y que no me quedara más remedio que escucharte? –le espetó.

–En parte, sí –admitió Carlo.

Había habido otras razones. Por ejemplo, que lo vieran entrando en su casa dos veces la misma semana. Hubiera sido demasiado arriesgado. Cualquier persona podría avisar a la prensa. Incluso allí, la presencia de guardaespaldas siempre alertaba a los presentes de que entre ellos se encontraba alguien que poseía dinero y poder.

Además, había querido verla en otro sitio que no fuera su casa, en un lugar neutral, para verla de manera objetiva, para ver cómo se comportaba cuando no estaba en su territorio.

Carlo la miró y se dijo que no estaba demasiado mal a pesar de los pendientes falsos y del insulso vestido. Debía de ser por la exuberante melena que tenía y por sus increíbles ojos verdes.

–¿Y qué quieres que hagamos? –le preguntó Melissa.

Le hubiera gustado que no la mirara así, de aquella manera tan fría y calculadora. Y, sobre todo, le hubiera gustado que su cuerpo no reaccionara a su mirada.

–Nos vamos a tener que casar –contestó Carlo como si tal cosa.

–¿Cómo?

El sólido tenedor de plata con el que Melissa se disponía a probar el pescado, más por deferencia hacia el cocinero que por hambre, se le resbaló y chocó contra el plato, provocando un intenso ruido. Como por arte de magia apareció un camarero con cara de preocupación, pero Carlo le hizo un ademán impaciente para que desapareciera.

No le había gustado la reacción de Melissa.

De nuevo, la gratitud que esperaba que su propuesta produjera en ella no se había producido.

–¿Es que no sabes ocultar tus emociones? –le espetó.

Melissa se rio.

–Debe de ser que no soy tan buena actriz como tú.

–¿Qué quiere decir eso?

Melissa negó con la cabeza.

–Nada, no importa.

–Claro que importa. Dímelo.

A Melissa le entraron ganas de contestarle que por muy rey que fuera no podía obligarla a hacer o a decir lo que él quisiera, pero no lo hizo por falta de convicción. Además, a lo mejor a Carlo le venía bien que alguien le dijera unas cuantas verdades.

–Cuando te conocí... me pareciste... bueno, me pareciste... un hombre agradable –le dijo.

Había escogido sus palabras con mucho cuidado, pues no quería que Carlo supiera que la había cautivado desde el principio y a lo largo de los días que había durado su breve romance. Porque, aunque él tuviera amnesia, Melissa no era tan tonta como para creer que hubiera sido mutuo.

Para ella, había sido una experiencia que le había cambiado la vida. ¿Y para él? Nada más que una aventura agradable.

Carlo la miró como si lo hubiera abofeteado.

–¿Un hombre agradable? –se indignó–. ¿Me estás intentando embaucar?

–Mira, está claro que, haga lo que haga, hay una cosa muy clara y es que no nos podemos casar –contestó Melissa comenzando a cansarse de todo aquello.

–¿Por qué? –se sorprendió Carlo.

–¿Cómo que por qué? Está muy claro. Porque no nos queremos –contestó Melissa–. ¡Ni siquiera nos caemos bien!

Carlo se quedó sin aliento ante la insolencia y la poca gratitud de aquella mujer, pero decidió esperar a que se hubieran casado para demostrarle lo que estaba dispuesto a tolerar y lo que no.

–Tenemos un hijo –le recordó–. Ese niño es el heredero legítimo del trono de mi país, un trono al que estaba a punto de renunciar –añadió sin querer, antes de que le diera tiempo de morderse la lengua.

Melissa lo miró estupefacta.

–¿Ibas a renunciar al trono? ¿Por qué?

–Porque me siento atrapado. No puedo vivir mi vida como me gustaría vivirla –contestó Carlo–. Como mi hermano también tiene un hijo, estaba a punto de entregarle los derechos dinásticos.

–Pero si siempre has sido el príncipe heredero –tartamudeó Melissa intentando ordenar sus ideas–.

Es de suponer que ya estarías acostumbrado a las limitaciones que eso entraña.

Claro que sí, pero había momentos, cuando vivía la vida con intensidad, que podía olvidarse de aquellas limitaciones. Por ejemplo, cuando galopaba con su caballo, cuando salía a navegar en solitario por la isla o cuando se iba a escalar por las montañas de Zaffirinthos.

Pero después del accidente todo había cambiado. Le habían prohibido todo tipo de actividades «peligrosas». El pueblo había dejado claro que no quería perder a su amado rey, que no querían que se pusiera en peligro de nuevo.

Carlo les entendía aunque no compartiera su punto de vista.

Por eso, cuando la mujer de su hermano había dado a luz a Cosimo, se le había ocurrido la manera de darles a sus súbditos lo que querían más que nada: un heredero al trono, alguien que perpetuara el linaje. Además, Carlo sabía que su hermano siempre había querido ser rey, así que todo estaba perfecto.

Hasta que había aparecido Melissa Maguire y había dado al traste con sus planes.

Carlo se quedó mirándola a los ojos y se fijó en sus pestañas, que eran muy largas.

–Desde que tuve el accidente, me han prohibido hacer tantas cosas que me estoy asfixiando –contestó con tristeza–. Me siento como un pájaro que estaba a punto de emprender el vuelo hacia el cielo azul y, de repente, se encuentra en una jaula. Atrapado.

Melissa tragó saliva.

Aunque aquel hombre era arrogante y odioso, había un gran vacío en su voz y Melissa sintió la necesidad de ofrecerle su consuelo... aunque lo más probable era que se lo tirara a la cara.

–¿Y no te sentirías todavía más atrapado si te casaras conmigo solamente porque tenemos un hijo? –le preguntó.

–No tengo opción –contestó Carlo.

–¿Cómo que no? Todo el mundo tiene opciones en la vida... incluso los reyes, ¿no?

–Ay, qué ingenua eres, Melissa –contestó Carlo riéndose levemente–. Según las leyes de mi país, el rey no puede abdicar si tiene un heredero directo vivo. Como verás, el haberme hablado de la existencia de Ben, significa que no puedo dejar el trono.

Melissa comprendió al instante, tal vez como Carlo quería, que por su culpa se sentía también atrapado, que Ben era otro barrote de la jaula. Y ella, también.

Atraparlo era lo último que Melissa quería.

Era cierto que Carlo se había mostrado frío y cruel, pero, a pesar del dolor que le había causado, Melissa entendía su reacción. Sí, era arrogante y distante, pero una vez lo había amado y nunca le había deseado ningún mal.

Melissa sintió que se le llenaban los ojos de lágrimas.

–Lo siento, Carlo –murmuró–. Lo siento mucho.

Fue el brillo de las lágrimas. Aquel brillo hacía que los ojos de Melissa brillaran también como esmeraldas y ese brillo verde, junto con el olor a lilas, lo llevó a un lugar que creía haber abandonado para siempre.

El recuerdo que se había quedado anclado en lo más profundo de su mente salió a la superficie como una burbuja de aire.

«Estrellas de esmeralda», pensó.

Sí, en una ocasión le había dicho a Melissa que sus ojos parecían estrellas de esmeralda.

–Me acabo de acordar de todo –anunció.

Capítulo 7

MELISSA lo miró a través de la luz de las velas. –¿Qué es lo que has recordado? –le preguntó. Carlo se pasó las yemas de los dedos por la cicatriz que tenía en la sien y sintió un inmenso alivio. Estaba recobrando la memoria. Era como si alguien le acabara de quitar un terrible peso de encima.

–Me he acordado de ti –contestó–. De nosotros.

«Ha dicho la verdad en todo momento, desde el principio», pensó.

Melissa no era una loca que quisiera engañarlo. Había mantenido una breve y agradable relación con ella, una relación que ambos sabían que no duraría.

¿Y ahora qué?

Ahora estaban unidos por el destino, les gustara o no, pero debían ser sinceros y tener las cosas bien claras para que Melissa no se hiciera ilusiones y soñara con cuentos de princesas con final feliz, como solían hacer las mujeres.

–Bueno, en realidad, nunca hubo un nosotros, ¿no, Melissa? Nos conocimos en una fiesta después de una exposición y todo fue muy deprisa. Fueron tres o cuatro días, ¿no? A mí no me parece que por que compartiéramos unas cuantas horas de sexo sin importancia podamos decir que tuviéramos un gran romance, ¿no crees?

«Unas cuantas horas de sexo sin importancia».

Para Melissa, aquellas horas eran un recuerdo delicado y frágil, como una figurita de cristal que Carlo había pisoteado y roto sin reparo.

Melissa tiró la servilleta sobre el pescado y se puso en pie.

–¡Siéntate! –le ordenó Carlo.

–¡No pienso sentarme! ¡Si me tengo que ir a casa andando, me iré, pero no pienso seguir aquí sentada aguantando tus insultos!

Carlo se dio cuenta de que lo decía en serio.

El maître se había acercado, pero Carlo le indicó con la cabeza que se podía ir. Durante unos momentos, se encontró indignado por la insubordinación de Melissa y admirado de su valor.

–Siéntate, Melissa –le pidió mirándola a los ojos–. Por favor.

Melissa dudó. Seguramente, porque le había pedido algo por favor, lo que no había hecho en ningún momento hasta entonces. Suponía que los reyes no tenían que pedir las cosas por favor, claro, lo que la llevó a preguntarse qué tipo de ejemplo iba a ser ese para Ben.

Melissa se volvió a sentar. En el fondo y en secreto se sentía aliviada de poder hacerlo porque le temblaban las piernas y sospechaba que lo más seguro habría sido que no hubiera llegado ni a la puerta del restaurante.

Estaba conmocionada.

Todo lo que estaba sucediendo estaba siendo una gran sorpresa.

Tener que haberse sometido a las pruebas de ADN, la forma en la que había reaccionado Carlo ante los resultados.

Por supuesto, ella sabía muy bien cuáles iban a ser esos resultados, pero llevaba tanto tiempo manteniéndolo en secreto, que ahora se sentía confusa.

–¿Te acuerdas de todo? –murmuró.

Carlo se encogió de hombros.

–Creo que sí.

Se sentía muy aliviado. Se sentía completo de nuevo.

Aunque sin demasiado convencimiento, permitió que los detalles de su relación con Melissa fueran surgiendo, los revivió. Recordó el sabor de la libertad que sintió con ella, la maravillosa sensación de sentirse una persona normal y corriente y el horrible vacío que lo había invadido cuando había vuelto a las restricciones de su reino, donde se había sentido como si fuera un reo al que le hubieran dado su última cena y supiera que no iba a volver a comer jamás.

–¿Te... arrepientes? –le preguntó Melissa.

El portal emocional que se había abierto brevemente en Carlo se cerró de golpe.

–Arrepentirse es una pérdida de tiempo –contestó con frialdad–. Tenemos que hablar de qué vamos a hacer y lo más urgente es el tema de nuestra boda. Debemos casarnos cuanto antes.

Melissa se quedó mirándolo y se dio cuenta de que el hombre al que ella había adorado ya no existía. A lo mejor, nunca había existido. Quizás, hubiera sido un papel temporal que había desempeñado mientras habían estado juntos.

¿Podría soportar estar unida en matrimonio para toda la vida con aquel rey tan frío y distante?

–No me voy a casar contigo –le dijo.

–Me temo que ese punto no es negociable, Melissa.

–¿Cómo puedes decir algo así?

–Porque es verdad.

–No me puedes obligar a que me case contigo. ¿Qué harías? ¿Llevarme al altar pataleando y gritando? –le preguntó intentando ocultar el miedo que sentía porque empezaba a sospechar que aquel hombre podía hacer todo lo que se le antojara–. No creo que un episodio así contribuyera en absoluto a que tus súbditos tuvieran una buena imagen de ti.

–No, no te puedo obligar a que te cases conmigo, pero te puedo quitar a tu hijo.

Melissa se quedó helada. El mundo se le antojó un lugar frío e inhóspito. Era la amenaza más sencilla y rotunda que le podía hacer. El que la hubiera amenazado con eso no decía nada bueno de aquel hombre.

A Melissa le entraron unas terribles ganas de abofetearlo.

–No, eso tampoco es posible.

–¿Ah, no? ¿Eso crees? ¿Te vas a atrever a enfrentarte a mí? No tienes ni idea de lo mal parada que saldrías. Piensa en el poder que tengo como rey contra una madre soltera de tu condición.

–¡No hay nada de malo en mi condición!

–¿Acaso te parece normal que el heredero al trono crezca como lo está haciendo?

–Está bien alimentado y limpio, se le estimula y... ¡es feliz! –se defendió Melissa.

–¿Y la casa en la que vive? ¿Te parece el lugar más adecuado para un príncipe?

Era la primera vez que Melissa contemplaba a su hijo como a un príncipe y, aunque como madre se sintió muy orgullosa, también sintió miedo porque, de alguna manera, los alejaba. Su hijo era un príncipe heredero y ella no era más que una plebeya.

–¡No tenemos por qué seguir viviendo allí si te parece tan horrible! –exclamó dispuesta a hacer los cambios que fueran necesarios.

–¿Quieres decir que no te importaría que te comprara una casa más grande? –le preguntó Carlo con zalamería.

Y Melissa picó el anzuelo.

–Si lo estimas oportuno...

–Así que, al final, no le haces ascos a mi dinero, ¿eh? Menudo cambio de opinión. ¿Sabes lo que te digo? Que no me sorprende en absoluto.

Melissa se sintió insultada. La estaba tratando como si fuera una cazafortunas, estaba tergiversando todo lo que decía, confundiéndola, haciéndola sentir como si nada de lo que decía tuviera sentido.

–¿No es eso lo que querías? –le preguntó Melissa confusa.

–¡No, no es lo que quería! –le espetó Carlo–. Sé perfectamente lo que pasaría si te comprara una casa más grande y te diera dinero para vivir. ¡En un abrir y cerrar de ojos, tendrías a todos los moscones del barrio encima!

–¡Eres despreciable!

–No, Melissa, soy práctico. En cuanto le das dinero a una mujer, se convierte en el blanco de muchos hombres.

–¿Y si no se lo das la puedes manejar como a una marioneta? –le espetó Melissa.

Carlo sonrió y se arrellanó en la silla.

Un camarero se acercó, retiró los platos y volvió a servirle agua a Melissa.

Carlo pensó que había llegado el momento de que Melissa comprendiera lo que podía perder.

–Muy bien, como tú quieras –accedió–. Si no quieres que nos casemos, no nos casaremos.

Melissa se sintió todavía más confusa. Aquello era como estar en un salón de espejos en los que la realidad se distorsionaba continuamente.

–Pero... pero... si acabas de decir que ese tema no era negociable...

–Y tú has contestado que poco menos que te tendría que arrastrar hasta el altar –contestó Carlo en tono burlón–. Estoy de acuerdo en que no sería muy bonito y en que a los súbditos de Zaffirinthos no les gustaría demasiado, así que nada de boda. En cualquier caso, a pesar de que no nos casemos, tendré que disponer algún tipo de ayuda económica para Ben. Vas a tener que mudarte a un lugar más seguro porque, en cuanto se haga público que es un heredero, serás objeto de todo tipo de visitas que querrán aprovecharse.

–¿Te refieres a las locas? –se mofó Melissa.

¡Aquella mujer lo enojaba sobremanera con sus desafíos, pero aquello no haría sino hacer su victoria más dulce!

–Exacto –contestó Carlo–. También tendremos que disponer un acuerdo legal.

–¿Para qué?

–Bueno, verás... Ben nunca será declarado mi heredero legal porque es ilegítimo, pero no por ello voy yo a renunciar a lo que tenga que decir sobre su educación.

El hecho de que Carlo hubiera dicho que su hijo era ilegítimo, un concepto completamente obsoleto para describir a los hijos nacidos fuera del matrimonio, hizo que Melissa se revolviera incómoda.

¿Lo habría hecho adrede para hacer que se sintiera avergonzada?

–¿Y qué tienes que decir sobre su educación? –lo desafió a pesar del miedo que sentía.

–Lo mismo que tú.

–¿Lo mismo que yo?

–Bueno, es lo justo, ¿no? Y la forma de hacer las cosas hoy en día, por lo que veo a mi alrededor. Y supongo que lo que tú quieres. Como verás, soy un hombre justo y moderno.

Melissa estuvo a punto de decirle que no supusiera nada sobre ella, pero se calló porque no podía permitirse el lujo de desafiarlo más, pues tenía la sensación de que Carlo estaba jugando a un juego cruel y sofisticado con ella sin haberse molestado en explicarle las reglas.

¿Había dicho que era un hombre justo y moderno? ¡Era el hombre menos justo y moderno que había conocido en su vida!

–Ben tendrá que pasar temporadas conmigo –continuó–. Y, por supuesto, la mayor parte de sus estudios tendrá que cursarlos en la isla.

–¿Sus estudios?

–¿Dónde si no aprenderá griego e italiano? ¿En Walton-on-Thames? –contestó con ironía–. Además, así se familiarizará con nuestra cultura. Cuando me case y tenga más hijos, ellos serán los herederos legítimos, pero Ben siempre podrá desempeñar un papel relevante en el reino. Si quiere, claro.

Todo lo que le estaba diciendo le estaba cayendo a Melissa como un jarro de agua fría, pero hubo algo que la perturbó más que lo demás.

–¿Casarte?

Carlo comprendió que los celos habían hecho acto de presencia.

–Si voy a continuar siendo el rey de Zaffirinthos, y así parece que va a ser, necesitaré una reina a mi lado –sonrió–. De alguna manera, el que te hayas negado a casarte conmigo, ha sido una liberación. Así podré encontrar a una mujer mejor preparada que tú, más conveniente para el puesto, alguien que quiera a Ben y sepa cuidarlo durante las temporadas que pase con nosotros.

Aquella fue la gota que colmó el vaso.

Criar a un hijo sola era duro y tenía muchos inconvenientes, pero, sin duda, tenía una gran ventaja: que no tenía que compartirlo con nadie y lo tenía para ella sola todos los días.

Melissa se imaginó a Ben con otra mujer, una mujer que haría las veces de madre cuando ella no estuviera, que lo acostaría y le daría la mano, que quizás incluso fuera testigo de sus primeros pasos y de sus primeras palabras.

Su hijo viviría una vida paralela en la que no estaría ella.

Melissa sintió náuseas.

No podría soportarlo.

Estaba dispuesta a hacer lo que fuera necesario para impedirlo.

Lo que fuera.

Incluso casarse con Carlo.

Lo miró y se dijo que no debía precipitarse. El miedo le hizo imaginarse que Carlo le decía que ya era demasiado tarde, que había cambiado de opinión.

–Verás, Carlo... ahora que lo pienso... quizás me haya precipitado un poco... –dijo llevándose la mano a la garganta–. Puede que... bueno, lo que quiero decir es que... sí, me quiero casar contigo.

Carlo se quedó mirándola unos instantes, el tiempo suficiente como para conseguir que la ansiedad se apoderara de ella. Luego, se llevó la servilleta a los labios para ocultar su sonrisa triunfal.

Capítulo 8

LA VIDA de Melissa cambió por completo desde el mismísimo momento que accedió a casarse con Carlo. Pasó de tener dificultades para hacer frente a sus gastos a decidir si casarse de blanco sería hipócrita.

Se decía una y otra vez que a todas las mujeres que se iban a casar les pasaba lo mismo, pero ella sabía que su caso era diferente. Para empezar, porque iba a tener que dejar atrás su país e irse a vivir a un lugar que no conocía y, para seguir, porque una vez allí la coronarían reina. También tendría que someterse a profundos cambios de imagen para «estar a la altura», tal y como Carlo le había anunciado en el trayecto de vuelta a casa desde el restaurante.

–No haré el comunicado oficial hasta que estés preparada, Melissa –le había prometido–. Cuando lo haga, no tendrás ni un momento de paz, así que te voy a dar tiempo.

–¿Preparada? –había contestado Melissa.

–Claro, tienes que prepararte. Tienes que comprar ropa, cambiar por completo tu vestuario. Bueno, de hecho, vas a tener que cambiar un montón de cosas para convertirte en reina. Y también habría que cambiar... ¿Por qué demonios lo llamaste Ben?

Melissa lo miró indignada y dolida.

–¿Qué tiene de malo su nombre?

–¡Que no es el nombre de un rey!

–¿Sabes? ¡Aunque te cueste creerlo, cuando lo estaba pariendo, no estaba pensando en que algún día fuera a ser rey!

La verdad era que en aquellos momentos había estado asustada ante la enormidad de lo que estaba viviendo. Cuando le entregaron al recién nacido y lo abrazó contra su pecho, se preguntó si podría cuidarlo bien ella sola.

Ahora sabía que a Ben jamás le faltaría nada, pero ¿a qué precio?

–Catherine, la esposa de mi hermano, te va a llevar de compras –continuó Carlo–. Ella es princesa y sabe lo que hay que hacer.

–¿Le has dicho que estamos prometidos?

–Todavía no lo estamos oficialmente. No lo estaremos hasta que no te haya dado el anillo de pedida. Se lo he dicho a Xaviero y a Catherine, sí, pero por cortesía. No lo sabe nadie más.

Melissa se había despedido nerviosa al llegar a casa cuando el chófer se había bajado a abrirle la puerta de la limusina y nerviosa seguía al día siguiente mientras esperaba a Catherine en la sección de perfumería de unos conocidos y elegantes grandes almacenes de Londres.

No sabía qué había esperado. Posiblemente, un despliegue de agentes de seguridad, como en el baile en Zaffirinthos, pero la única persona que apareció fue una mujer menuda y guapa que la abrazó como si fueran amigas de toda la vida.

Llevaba un sencillo vestido de algodón y el pelo recogido en una cola de caballo y no parecía una princesa en absoluto. Lo único que indicaba que tenía dinero era el anillo de diamantes que lucía.

–En Londres es muy fácil ir de incógnito –le dijo mientras subían a la planta en la que estaban las mejores firmas–. En Zaffirinthos no es tan fácil. Por eso a nosotros nos encanta vivir aquí en Inglaterra. Aunque la verdad es que a Xaviero le entró la nostalgia cuando estuvimos en Zaffirinthos para la fiesta –le explicó entregándole unos cuantos vestidos–. Toma, vas a necesitar un montón de estos.

A Melissa le dio la impresión de que iba a necesitar un montón de todo, faldas, blusas, vestidos de día, vestidos de noche, zapatos, botas y bolsos. Todo lo elegido estaba hecho con materiales de primera calidad. Nunca había pensado que fuera a tener algo de seda y ahora parecía que no iba a tener nada que no fuera de aquel tejido. Sobre todo en la ropa interior y en los camisones.

Melissa se lo fue probando todo mientras Catherine hablaba con su marido por teléfono en tono cómplice. Se sonrojó al recordar los comentarios despectivos que Carlo había hecho cuando la había visto en camiseta de dormir y se preguntó si le gustaría lo que se estaba probando.

No tuvieron que volver cargadas porque Catherine dejó dicho que lo llevaran a casa de Melissa.

–Ya lo ordenarás todo cuando te lo lleven –comentó mientras la limusina las llevaba al hotel Granchester, donde se acomodaron en una mesa junto a la ventana para tomar un té–. Y tira todo lo viejo.

Mientras le ofrecían té Lapsong o Earl Grey, Melissa se sintió como un fraude de repente. Aquella mujer iba a ser su cuñada... ¿iba a tener que ser con ella una persona que no era en realidad? ¿Se mostraría Catherine tan amistosa si supiera cómo era en realidad?

–No... no tengo mucho espacio en casa, ¿sabes? –le confió–. Vivo en... una casita muy pequeña.

–Ya supongo –contestó Catherine–. También supongo que tienes los mismos miedos y las mismas dudas que tuve yo. Para que me entiendas, te diré que yo era doncella cuando conocí y me enamoré del que es hoy mi marido.

Melissa bajó la mirada al plato de sándwiches de pepino que habían dejado ante ellas. No quería que Catherine se diera cuenta de que entre Carlo y ella no había habido ningún enamoramiento.

Nada parecido.

Nada más lejos de la realidad.

¿Cómo lo había descrito él? Ah, sí. «Unas cuantas horas de sexo sin importancia». ¿Qué tipo de base era aquella para un matrimonio? Sobre todo, para un matrimonio que iba a levantar tanta curiosidad y del que iba a estar pendiente tanta gente.

Catherine le estrechó la mano.

–Todo va a salir bien –la tranquilizó–. Cuánto me alegro de tener una cuñada que sea también inglesa. Ya verás, Carlo será tan feliz a tu lado como lo somos Xav y yo. La verdad es que estábamos empezando a preocuparnos –añadió bajando la voz–. Creíamos que no iba a encontrar ninguna mujer que le gustara y, además, Xaviero empezó a pensar que su hermano iba a renunciar al trono.

–¿De verdad? –contestó Melissa–. ¿Habían hablado de ello?

–No –contestó Catherine–. Aunque son hermanos, no tienen mucho contacto ni hablan las cosas tan abiertamente. A lo mejor, a partir de ahora las cosas cambian –añadió esperanzada–. No hay nada mejor que el amor para suavizar el corazón de un hombre.

Melissa decidió no desilusionar a su futura cuñada contándole que no creía que fuera a tener ningún efecto suavizante sobre el rey porque su matrimonio iba a ser frío y distante.

¿De verdad Carlo había pensado en abdicar en su hermano sin habérselo siquiera comentado? ¡No podía ser tan arrogante! ¿Cómo que no? ¿Acaso no la había manipulado a ella de manera inteligente y fría para que se casara con él?

Al día siguiente, llevó a Ben a los mismos grandes almacenes y le compró todo lo que un príncipe podía necesitar. Lo disfrutó más que consigo misma, pues aquel era el sueño de cualquier madre y su niño de pelo ensortijado pronto se ganó a todas las dependientas.

Lo más difícil fue despedirse de su tía Mary, que recibió la noticia de que su sobrina se iba a convertir en reina con bastante compostura, le dio la enhorabuena a Melissa y le dijo que era demasiado mayor como para sorprenderse por nada. Por supuesto, también le dijo que los iba a echar de menos tanto a ella como a Ben.

–Me gustaría que te vinieras a Zaffirinthos –contestó Melissa sinceramente a pesar de que no le podía contar a su tía la verdad, que Carlo le había dado un cruel ultimátum para que se casara con él–. Vente con nosotros para cuidar de Ben y, así, yo podré cuidar de ti.

–Por supuesto que voy a ir a la boda.

–Me refiero a que te vengas de manera permanente. Quiero que te vengas a vivir con nosotros. Tendrías una vida maravillosa.

Pero la tía Mary no quiso ir. Según ella, había visto naufragar demasiados matrimonios por culpa de la intromisión de familiares mayores.

–¿Y, además, qué haría yo todo el día en un palacio?

Mientras esperaba a que Carlo pasara a recogerla, Melissa pensó que a la gente le intimidaba la vida que iba a tener. Carlo la iba a sacar de su vida, la que conocía, y la iba a llevar a una nueva en Zaffirinthos.

Aquella noche, el rey estaba grabando un programa de televisión en el que les contaba a sus súbditos y al mundo entero que se casaba. Había decidido hacerlo de manera sincera y abierta, quería que la gente comprendiera que se tomaba en serio sus responsabilidades. Y, por supuesto, les iba a presentar a su hijo y a su prometida.

Cuando llamaron a la puerta, Melissa abrió y se encontró con Carlo. Llevaba un traje negro muy formal. Le había dicho que se pusiera algo elegante y adecuado para una pedida real.

Melissa le había pedido consejo a Catherine y se había puesto lo que su futura cuñada le había aconsejado, pero ahora no estaba muy segura de su elección, pues el corte del vestido verde de brocado con chaqueta a juego era más severo que lo que solía llevar y los zapatos tenían demasiado tacón para su gusto.

Ya era una mujer alta y con tanto tacón sobrepasaba a la mayoría de los hombres, pero no a Carlo. Ahora eran de la misma altura, sus ojos quedaban en la misma línea y Melissa pudo ver en ellos la falta de sentimientos.

Melissa se dio cuenta de que Carlo miraba a Ben, que estaba sentado en el suelo golpeando un juguete de plástico con una cuchara de palo. Lo había vestido para su nueva vida con unos pantalones cortos azul marino, camisa de popelín blanco y le había lavado el pelo.

–¿A que está guapísimo? –comentó Melissa nerviosa por irse de Inglaterra.

Carlo miró al pequeño, que jugaba ajeno a las maquinaciones de los adultos que le iban a cambiar la vida. Estaba emitiendo sonidos primitivos mientras golpeaba el juguete, tenía la piel perfecta, de un ligero tono aceitunado, y era perfecto.

Carlo se preguntó cómo era posible que hubiera nacido de él y sintió que algo le oprimía el corazón.

Melissa se quedó mirándolos. De repente, tuvo la sensación de que Carlo iba a adelantarse y a tomar a Ben en brazos y le hubiera gustado que lo hiciera.

«Tócalo. Toca a tu hijo y empieza a quererlo», pensó.

Pero Carlo no lo hizo. El momento pasó y la miró.

–Habrá que cortarle el pelo para la boda –comentó con censura.

Melissa sintió unas terribles ganas de llorar, pero se contuvo. ¿No podía haber dicho otra cosa para inaugurar aquella nueva etapa de sus vidas? Había sonado a crítica tanto hacia el niño como hacia ella.

«No permitiré que le corte los rizos», pensó.

Sin embargo, le pareció que no era el mejor momento para ponerse a discutir, pues estaban a punto de ser presentados en sociedad, así que hizo un gran esfuerzo y consiguió sonreír.

–¿Ya está? –dijo tras tomar aire.

–Sí, ya está –contestó Carlo.

Al mirar aquel rostro ovalado, aquellos grandes ojos verdes y aquellos labios que pedían a gritos que los besaran, pensó en los maravillosos placeres que aquel matrimonio podía reportarle. Podría hacerle el amor todas las veces que quisiera... todas las veces que ella quisiera...

Sin pensarlo, se inclinó sobre ella y la besó. Al instante, sintió que Melissa temblaba. Carlo profundizó el beso hasta que la oyó suspirar, momento en el que se apartó. Cuando la miró, vio que a Melissa le molestaba que el beso se acabara.

–Oh –murmuró frustrada.

Carlo sonrió encantado ante el poder que tenía sobre ella. Aunque lo cierto era que él también se moría de ganas de poseerla de nuevo.

–¿No fuiste tú la que me regañó el otro día por intentar hacerte el amor mientras nuestro hijo dormía en la habitación de al lado? –le recordó.

Dicho aquello, se sacó una cajita de cuero del bolsillo y la abrió dejando al descubierto un diamante de tal claridad y brillo, que Melissa no se podía creer lo que estaba viendo.

–¿Es de verdad? –bromeó.

Pero Carlo no se rio.

–Sí, claro que es de verdad –contestó muy serio ante la emotividad del momento–. Fue el anillo de pedida de mi madre.

–¿De tu madre?

Aquello le hizo recordar cuando Carlo la había sorprendido llorando por su madre y se había ofrecido a llevarla a casa para que no se mojara. Qué no daría por volver a vivir con él algo así... en lugar de que le regalara joyas.

–Es uno de los pocos diamantes de ese tamaño que hay en el mundo –contestó Carlo sin querer contestar a la pregunta de Melissa–. Es perfecto. Jamás volverás a llevar bisutería, Melissa.

Mientras Carlo se lo ponía en el dedo anular, Melissa sintió que se le helaba el corazón. Se iba a casar con un hombre que no la veía más que como a una mercancía y eso la hizo sentirse más falsa que nunca.

Capítulo 9

ESTÁS PRECIOSA –murmuró Carlo–. Todas las novias estáis preciosas el día de la boda.

Melissa se giró y vio a Carlo en la puerta de la suntuosa suite que ocupaba en el palacio. Estaba impresionante con su uniforme de la marina de Zaffirinthos. Las medallas que lucía en el pecho atraían la mirada y la librea oscura enmarcaba su poderosa presencia.

Melissa parpadeó, como si no se pudiera creer que se iba a casar con aquel hombre, como si todavía no hubiera asimilado que en un par de horas serían marido y mujer.

Bueno, más bien, rey y reina.

Melissa no podía dejar de pensar que, en algún momento, se despertaría y Ben y ella seguirían en Walton, en su minúscula casa, con la ducha goteando y los perros ladrando.

–¡Se supone que no deberías estar aquí! –exclamó.

Carlo enarcó las cejas.

–¿Por qué?

–¡Porque es tradición que el novio no vea a la novia antes de la ceremonia!

–No es que nosotros seamos muy tradicionales, ¿no te parece?

Melissa miró ansiosa a su alrededor. ¿Qué había sido de las doncellas que corrían a su alrededor organizándolo todo?

–¿Dónde está la gente?

–Les he dicho que se fueran.

–¿Y eso?

–Porque quería verte antes de la boda a solas.

Melissa sintió que el corazón comenzaba a latirle aceleradamente. Se había dicho que aquel matrimonio no podía salir bien, pero, cuando se despertaba en mitad de la noche reprochándose lo que iba a hacer, se decía que era la única salida que tenía, que lo hacía por Ben, para que no se lo quitaran, para que no creciera siendo mitad miembro de la realeza y mitad plebeyo y, al final, la repudiara.

Y, aunque era cierto que Ben era el mayor privilegiado de que se casara con Carlo, ella también se iba a beneficiar.

Sí, también lo hacía por sí misma.

Porque había una parte dentro de sí, siempre la había habido, que aún lo amaba y anhelaba conocerlo mejor y que tenía la esperanza de que, una vez casados, Carlo le permitiera ver en su interior.

¿Podría apartar el hielo y llegar al hombre cariñoso y agradable que había conocido? ¿Le daría Carlo esa oportunidad o ya era demasiado tarde? A lo mejor, aquel hombre había desaparecido por completo y lo único que quedaba de él era el gélido cuerpo que se acababa de presentar ante ella con el uniforme de gala.

–¿Y por qué a solas? ¿Te lo estás pensando mejor? –tartamudeó.

–¿Y tú?

–No, yo no –contestó Melissa mirándolo a los ojos–. Voy a seguir adelante. Voy a ser una buena esposa.

–Qué responsable.

–Efectivamente. Todo esto lo hacemos en aras de

la responsabilidad, ¿no? Tú por la responsabilidad que tienes para con tu país y yo por la responsabilidad que tengo con mi hijo.

Carlo se quedó atónito. La lógica de aquella mujer era aplastante. Aquello demostraba que era inteligente, una cualidad que buscaba en sus consejeros, pero que nunca habría esperado de ella. ¿Acaso no habría preferido que se fuera a casar con él porque se hubiera dejado encandilar por el dinero y el poder? Sí, habría preferido que hubiera sido así porque, de haber sido así, Melissa se mostraría más sumisa y agradecida.

Pero no, Melissa Maguire no se mostraba ni sumisa ni agradecida.

Parecía una reina de hielo.

Los consejeros reales le habían dicho que casarse de blanco sería muy inapropiado, así que había elegido un conjunto en tono plata vieja que la hacía parecer glacial. Le habían recogido el pelo caoba en lo alto de la cabeza y no llevaba aderezos, pues la iban a coronar durante la ceremonia.

Lo que más le llamó la atención a Carlo fueron sus ojos, enmarcados por lápiz y máscara negros, y sus labios, que brillaban bajo un pintalabios rosa palo.

La maquilladora había hecho un trabajo soberbio. Le habían dado la belleza en bruto de aquella mujer nacida en Inglaterra y había conseguido convertirla en una obra de arte.

Pensó en lo bien parada que había salido de su presentación ante los medios de comunicación. Se había limitado a sonreír y a abrazar a su hijo. Ben había lucido sus rizos, pues su madre se había negado a que se los cortaran, y había dado la imagen de ser un angelito.

Los fotógrafos le habían pedido a la pareja que se

besara y a Carlo que tomara al niño en brazos, pero él se había negado a ambas cosas. ¿Cómo se iba a comportar como padre ante las cámaras cuando no lo sentía así? Por no hablar de que tampoco se sentía un enamorado a las puertas de la vicaría, claro.

En realidad, se sentía como un hombre enardecido por el deseo que no puede tener lo que quiere.

–Estás preciosa –repitió mirándola de manera inequívoca.

–Gracias –contestó Melissa.

–Una respuesta muy educada.

–Para un comentario muy educado también –contestó Melissa.

Si iba a ser reina al lado de aquel rey, tenía que aprender bien cómo comportarse. ¿Acaso no le había reprochado Carlo en el restaurante lo abiertamente que mostraba sus emociones? Pues bien, Melissa no pensaba volver a cometer ese error. Estaba dispuesta a convertirse en una consorte recatada e introvertida.

Así, seguro que Carlo se sentiría orgulloso de ella.

–No lo he dicho por educación, sino porque es verdad –insistió Carlo–. Aunque la verdad es que estarías mucho más guapa desnuda.

Melissa sintió que se le aceleraba el pulso.

Tal vez, si aquellas palabras hubieran ido precedidas de algún comentario tierno, las habría tomado como una declaración erótica, pero, al no haber habido ninguna ternura previa, las tomó como un arranque de posesión de lo más arrogante. Carlo se comportaba como si se hubiera comprado un deportivo nuevo y se muriera por probarlo.

–Ya hablaremos de eso en la luna de miel –contestó con frialdad–. Espero que Ben esté bien en nuestra ausencia.

–Pues claro que estará bien. Se quedará con tu tía y, además, solo estaremos fuera una noche. No creo que sea para tanto...

–No, claro que no, pero todo esto... –contestó señalando la suntuosidad que los rodeaba–. No está acostumbrado.

Carlo estuvo tentado de decirle que Ben había salido muy beneficiado con el cambio, pero no le pareció oportuno hacer semejante comentario unos minutos antes de casarse.

–No es la primera vez que te vas a separar de él. Lo dejaste en Inglaterra cuando viniste a ayudar en la fiesta que di en honor de mi hermano.

–Ya...

–Pareces asustada –comentó Carlo de repente–. ¿Qué te pasa, Melissa? ¿Te doy miedo?

Melissa intentó no ver la mirada burlona que le estaba dedicando su futuro marido.

–No, claro que no.

Pero no era completamente cierto. La verdad era que sí, estaba asustada. Pero no tenía miedo de él, sino de sí misma. ¿Cómo iba a conseguir ocultar lo que sentía? Sobre todo, cuando hicieran el amor.

¿Y cuando no estuvieran haciéndolo? ¿Qué se suponía que se hacía durante la luna de miel con un hombre al que apenas se conocía?

Melissa apenas se enteró de la ceremonia. Tuvo la sensación de que era como un sueño en el que se encontraba en un lugar al que no sabía cómo había llegado.

Según la tradición, Carlo no tuvo padrino, sino dos «ayudantes», que fueron Xaviero y Orso, su ayuda de cámara y amigo desde la adolescencia.

Melissa tampoco tuvo madrina ni damas de honor,

así que tuvo que avanzar sola por el pasillo, lo que le dio la sensación de que aquella boda era demasiado sencilla.

Según le confesó Catherine, así eran siempre las bodas en Zaffirinthos.

La princesa se sentó al lado de la tía Mary durante la ceremonia y entre las dos hicieron todo lo que pudieron para que Ben y Cosimo se portaran bien, porque no dejaban de tirarse del pelo.

Cuando sintió la corona de reina sobre su cabeza y a pesar de que había ensayado con un libro antes de la boda, percibió el enorme peso que tenía. Le pesó tanto que tuvo que mantener la cabeza ladeada porque, de lo contrario, se le habría comenzado a mover como si estuviera borracha.

A pesar de las incertidumbres que danzaban como fantasmas en la periferia de su mente, Melissa no pudo evitar sentir cierto orgullo cuando Carlo le puso el anillo en el dedo.

«Lo hago por Ben», se dijo con vehemencia.

Carlo y el niño aprenderían a quererse. Era imposible que no fuera así, porque el pequeño que habían engendrado entre los dos era adorable. Y, luego, tal vez... ¿acaso no sería posible que entre Carlo y ella se despertara algo? A lo mejor, no sería amor, pero sí un afecto que hiciera posible tener una buena relación.

Cuando terminó el enlace, y rodeados por el tañido de las campanas de la catedral de Ghalazamba, salieron del templo. Melissa vio a la muchedumbre que se había congregado para saludarlos y se quedó anonadada al oír que coreaban su nombre.

Tras tomar algo en el ágape que ofrecieron después de la boda, se fue a cambiar para emprender viaje. Iban a pasar la luna de miel al este de la isla, en una de las enormes propiedades que poseía la familia real.

–Montañas cubiertas de pinares y un mar de aguas turquesas –murmuró Carlo mientras ponía en marcha el Land Rover que él mismo conducía–. Y la primera ocasión que tenemos de intimar después del episodio del sofá –añadió mirándola de reojo.

Melissa se estaba abrochando el cinturón de seguridad. Al quedar abrochado, el cinturón, situado entre sus pechos, los realzó bajo la tela de su vestido.

–Yo... yo... ¡Carlo! –exclamó Melissa cuando Carlo le puso la mano en la rodilla.

–¿Qué? –contestó él acercándose y rozando sus labios.

Melissa se estremeció de los pies a la cabeza cuando Carlo subió la mano un poco más y le acarició la parte interna del muslo.

–¿No te gusta? ¿Mmm? ¡Ah! *Grazie al cielo*! Claro que te gusta.

Melissa cerró los ojos mientras sentía una sensación deliciosa por todo el cuerpo y tragó saliva.

–Creía que... creía que... tu equipo de seguridad también venía –comentó.

–Ahora también son tu equipo de seguridad, *mia bella*. El coche tiene los cristales tintados, por si no te has dado cuenta.

–Pero aun así...

–No te preocupes, no vamos a hacer el amor en el coche... aunque no te digo que no me apetezca –confesó Carlo riéndose y poniendo el vehículo en movimiento–. Relájate, Melissa, relájate.

Melissa lo intentó. Se concentró en admirar el precioso paisaje compuesto por imponentes montañas verdes y un mar azul zafiro que los acompañaron hasta que llegaron a su destino.

La casa era más impresionante de lo que había esperado. Se trataba de una gran mansión rodeada de jardines, piscina y con acceso a playa privada. Contaba con dormitorio y salón de juegos para Ben, un arenero e incluso piscina infantil.

La propiedad estaba en mitad de la nada y el acceso no era fácil, pues se trataba de un camino de tierra sin señalizar en el que había guardias de seguridad. Los guardaespaldas tenían su propio complejo, situado a cierta distancia de la casa principal, en la que vivían el ama de llaves y la cocinera. El resto del personal de servicio vivía en el pueblo e iba a trabajar todos los días o cuando se les requería.

–Se les ha dicho que no nos molesten, que queremos estar solos –le comentó Carlo mientras le enseñaba la casa.

Melissa se dio cuenta de que, por mucho que Carlo dijera que iban a pasar tiempo a solas, no era cierto. Desde aquel mismo instante y para siempre, estarían vigilados. A lo mejor por eso se había mostrado tan contento en Londres durante los días de anonimato que había pasado con ella.

Melissa recordaba aquella época de su vida como una fantasía, una mentira que no tenía nada que ver con la vida real de Carlo.

Les habían preparado la cena en una de las terrazas de la villa desde la que se veía la piscina y los jardines iluminados. Más allá, se veía el mar y se oía el canto de los grillos.

Una vez en el balcón de su dormitorio, dominado por una cama enorme, Melissa y Carlo se quedaron mirando en silencio unos segundos. Luego, Carlo la tomó entre sus brazos tal y como Melissa llevaba suponiendo que haría en algún momento desde que habían llegado.

Ahora que había llegado ese momento, no sabía si el latido desbocado de su corazón se debía a la anticipación o al miedo o a las dos cosas.

Carlo se quedó mirándola. Melissa estaba pálida y parecía que sus ojos se hubieran convertido en dos pozos sin fondo.

De repente, comprendió la enormidad de lo que habían hecho.

–¿Estás cansada?

Lo cierto era que estaba exhausta tanto física como emocionalmente, pero sabía que no era esa la respuesta que su marido quería oír en su noche de bodas. No sería bueno empezar su matrimonio con un proverbial dolor de cabeza.

–No, en absoluto –mintió intentando teñir su voz de entusiasmo.

–Mentirosa, tienes unas ojeras terribles –contestó Carlo.

–¿De verdad?

Carlo asintió y sonrió.

–Pero estás guapa de todas formas.

Melissa pensó en decirle que no hacía falta que la engañara diciéndole que era guapa, que ella lo único que quería era que tuvieran una relación cordial, pero no lo hizo para no parecer desagradecida ante sus cumplidos, que nacían, sin duda, del deber.

–¿Tienes hambre? –le preguntó Carlo.

Melissa negó con la cabeza.

–Pues apenas has probado bocado en todo el día.

Melissa se sorprendió gratamente de que se hubiera dado cuenta.

–Si tú tienes hambre, cenamos –le propuso.

Carlo la miró, se fijó en el elegante vestido lila que se había puesto y en el complicado peinado que lucía y le entraron ganas de volver a compartir con ella aquellos días pasados en el anonimato cuando todo era sencillo y no había responsabilidades.

–No, yo no tengo hambre –contestó–. Bueno, por lo menos no me apetece comida... ¿quieres que nos tomemos una copa de champán? Si te apetece...

Melissa lo miró sorprendida.

Le habría encantado tomar champán, pero el champán se tomaba siempre para celebrar algo y no le parecía que hubiera nada que celebrar. ¿Cómo iban a celebrar un matrimonio de conveniencia?

Además, no quería que Carlo creyera que necesitaba beber para acostarse con él, a pesar de que sentía un millón de mariposas batiendo sus alas en el interior de su estómago.

–No, no quiero beber –le dijo poniéndole las manos en los hombros.

–¿Qué quieres entonces?

–No... no estoy segura.

–¿Esto? –le preguntó Carlo besándola.

Melissa asintió.

Sus bocas se volvieron a encontrar y se exploraron lentamente, como si se besaran por primera vez, como si fuera la primera vez.

Carlo se apartó y la miró. Melissa abrió los ojos y Carlo comenzó a quitarle las horquillas del pelo hasta dejar su melena suelta. A continuación, le bajó la cremallera del vestido y dejó que se deslizara por el cuerpo de Melissa hasta caer al suelo. Y, para terminar, dio un paso atrás y volvió a mirarla.

–Mucho mejor –comentó–. Has mejorado mucho, *mia bella*.

Melissa tuvo la sensación de que lo decía porque estaba mucho mejor con ropa interior de seda que con una camiseta y, sin embargo, ella tenía la sensación de ser mucho más ella misma entonces, en su casita de Londres, que ahora.

Llevaba un sujetador de seda color salmón rematado con encajes y unas braguitas altas a juego que hacían que sus piernas, ya de por sí largas, parecieran interminables. El tacto de la seda sobre la piel se le antojaba decadente, lo que no estaba nada mal para su noche de bodas.

Al mirar a Carlo a los ojos, comprendió cuánto la deseaba.

–Carlo... –murmuró.

Al ver el deseo reflejado en los ojos de Melissa, Carlo se preguntó qué tal estaría tomarla allí mismo, en el balcón, dejando que la luz de la luna resbalara por sus cuerpos unidos, pero pensó en los jadeos y en los gritos y en que alguien los podría oír o ver...

–Ven aquí –le dijo con voz ronca.

A continuación, la tomó en brazos y la llevó al dormitorio. Una vez allí, la dejó sobre la cama.

–Bésame –le dijo Melissa–. Bésame otra vez.

Carlo se sintió impelido a hacerlo, por supuesto, así que se tumbó a su lado y la besó apasionadamente.

–No tiene sentido que tú estés casi desnuda y yo lleve tanta ropa –comentó poniéndose en pie de nuevo para desnudarse.

Melissa se quedó mirándolo, disfrutando de su strip-tease, pero sintiéndose un tanto intimidada cuando la potente erección de su ya marido quedó al descubierto.

Entonces, no pudo evitar comparar la opulencia de

aquel lugar con su sencilla habitación, donde se habían acostado por primera vez. Recordó a Carlo en su minúscula cama y se preguntó si seguiría siendo el mismo, si aunque escondiera su lado más humano, seguiría siendo él.

¿Lo escondía porque estaba enfadado con ella porque lo había obligado a llevar una vida que no quería llevar, una vida en la que se sentía atrapado? ¿Se olvidaría algún día de eso y le permitiría acercarse a él como cuando se habían conocido?

Le había dicho que no era apropiado que mostrara sus emociones abiertamente, pero seguro que no se refería a sus encuentros amorosos, ¿verdad?

–Ven aquí –le dijo recibiéndolo con los brazos abiertos.

A Carlo le llegó al alma la dulzura de aquella mujer. No sabía qué esperar de su noche de bodas. Timidez, rechazo o incluso triunfo o enfado.

Pero se había encontrado pasión.

Pura pasión.

Melissa gimió de placer mientras se introducía en su cuerpo y las embestidas de Carlo la fueron llevando a un orgasmo maravilloso que no pudo ni quiso contener.

–Carlo –jadeó aferrándose a sus hombros–. Ah... ah... ¡Ah!

Melissa sintió que él también se dejaba arrastrar por el orgasmo. Luego, se quedó tumbado a su lado y Melissa aprovechó para acariciarle el pelo empapado de sudor.

–¿Qué te ha parecido? –le preguntó Carlo.

Melissa lo miró confusa.

–Me refiero a qué te ha parecido el día de hoy –le aclaró Carlo–. La boda, la gente, las cámaras. Parecías... muy en tu sitio –añadió recordando la naturalidad con la que se había comportado su esposa.

Melissa se quedó pensativa.

–No ha sido tan difícil como yo creía –admitió–. La verdad es que, como estaba tan pendiente de no equivocarme cuando hablara durante la ceremonia, de que Ben no se pusiera a chillar en la catedral y de que no se me cayera la corona, no he tenido tiempo de ponerme nerviosa.

–Excelente –murmuró Carlo acariciándole las nalgas–. Una reina nerviosa no sirve de nada. Una reina que se preocupa más de sí misma que de las necesidades de su país y de su gente no sirve de nada.

–Gracias –contestó Melissa preguntándose si aquello era un cumplido o una advertencia.

Carlo le pellizcó el trasero.

–¿Y esto qué te ha parecido? –murmuró con voz grave.

Melissa tragó saliva.

–Perfecto –confesó–. Lo sabes muy bien.

–¿Ah, sí? ¿Entonces no podríamos mejorarlo?

–Yo no he dicho eso –contestó Melissa girándose hacia un lado.

Sabía que aquella primera noche era importante para una pareja, que era la noche en la que se intercambiaban palabras de amor, pero ellos no eran una pareja convencional.

¿Qué diría Carlo si le dijera que lo amaba a pesar de su frialdad y distanciamiento, que lo quería por los pocos días de pasión que habían pasado juntos? Posiblemente, le diría que eso no era posible.

Pero se equivocaba.

¿Y qué diría si supiera que estaba deseando amarlo si le diera la oportunidad, si le dejara? A lo mejor los

reyes no dejaban que nadie se acercara tanto emocionalmente a ellos.

Melissa se dijo que, quizás, tuviera que confor-
marse con acercarse físicamente.

–Yo creo que podemos mejorar mucho –contestó–. Y podemos empezar ahora mismo.

Carlo gimió de placer cuando Melissa comenzó a
besarlo por el cuello.

Capítulo 10

A LA MAÑANA siguiente, algo cansada por no haber dormido mucho, Melissa salió a recibir a la comitiva en la que llegaban Ben y la tía Mary.

Al verla, su hijo lanzó un grito de júbilo y se abrazó a su cuello. Melissa lo recibió con alegría, pero, al ver que no reconocía nada de lo que llevaba puesto, se entristeció, pues aquel detalle la desconectaba todavía más que la maravillosa noche de bodas que había pasado.

–¿Quién le ha comprado esa ropa? –le preguntó a su tía mientras entraban en la casa.

–Oh, espera a ver todo lo que le han comprado nuevo –contestó Mary–. No creo que le dé tiempo a ponérselo todo. Espero que no lo tiren a la basura con la cantidad de niños que hay en el mundo que no tienen ropita.

–No te preocupes, Mary, no somos tan derrochadores –le dijo Carlo con cierta sequedad.

Mary se giró y le hizo una reverencia.

–¡No hace falta que hagas eso! –le reprochó Melissa.

–Quiero hacerlo –insistió su tía–. El lunes estaré de nuevo entre los pasillos del supermercado, preguntándome si he soñado todo esto y, además, es una muestra de respeto.

–¿Sabes que tu sobrina no mostró absolutamente ningún respeto cuando me conoció? –le preguntó Carlo–. No solo no me hizo una reverencia, sino que sus primeras palabras fueron «Déjeme en paz».

Melissa lo miró de reojo y se dio cuenta de que su tía sonreía encantada con la anécdota, que parecía la típica del repertorio de unos enamorados.

Nada más lejos de la realidad.

Ben decidió que no le estaban prestando suficiente atención y la reclamó tirándole a su madre del pelo.

–Mira, dile hola a... a... papá –le dijo Melissa son-rojándose.

¿Pero cómo lo iba a llamar si no el niño? ¿El rey? ¿Su Majestad?

Carlo los miró, asintió y se giró hacia Mary de nuevo.

–Supongo que te quedarás a cenar, ¿no?

–Huy, no, aquí se está muy bien, pero no me quiero acostumbrar, así que me vuelvo a Inglaterra esta misma tarde.

Melissa se encontró sintiendo una profunda tris-teza mientras se despedía de su tía. El coche en el que había llegado se la llevó y Melissa se quedó mirán-dolo hasta que desapareció por completo.

Luego, con lo que se encontró fue con la mirada de su marido.

–Ya sabes que puede venir cuando quiera –le dijo.

–Gracias, pero no está acostumbrada a volar mu-cho.

–Se acostumbrará.

–Ya...

Carlo se preguntó si Melissa estaba empezando a ver las limitaciones de su nueva vida y cómo las en-cajaría.

Y la gran pregunta era cómo se las iba a apañar él con el bebé de pelo rizado que Melissa sostenía en sus brazos y que lo miraba con descaro. Le sostuvo la mirada y se dio cuenta de que él sí que estaba nervioso.

¿Aprendería a conocerlo y a quererlo como todos los padres quieren a sus hijos?

Unos ojos color ámbar exactamente igual que los suyos lo estaban estudiando sin ningún disimulo. Desde luego, los niños no entendían de normas de protocolo ni nada por el estilo, a ellos solo les importaba quién eras y no qué representabas.

Carlo se fijó en las piernecitas del bebé e intentó arreglárselas con la increíble idea de que algún día aquella personita sería tan alto como él.

–¿Sabe nadar? –preguntó de repente.

–¡Claro que no!

–Pues le voy a enseñar.

Y, a pesar de las protestas de Melissa, que creía que un niño de trece meses era demasiado pequeño para nadar, su padre se dispuso a enseñarle, así que le pidió a un guardaespaldas que le consiguiera unos manguitos.

A pesar de su reticencia inicial, cuando Melissa vio a su hijo en la piscina con su padre, que estaba demostrando una gran paciencia y entusiasmo, se dijo que eso era lo que siempre había soñado y comenzó a albergar esperanzas.

Si Ben conseguía ganarse el corazón de su padre, tal vez, Carlo dejaría de ser tan frío y distante.

Melissa estaba un poco nerviosa ante la que sería su primera comida juntos como familia, pero Ben se portó de maravilla, no tiró la comida ni montó ningún numerito.

Las sorpresas siguieron cuando Carlo anunció que quería participar del baño del pequeño. Melissa observó encantada como le tiraba agua por la cabeza a su hijo con un vasito de plástico. El niño se reía encantado y chapoteaba, lo que hacía reír a su padre.

Ella también estaba encantada. Compartir aquellas pequeñas cosas con el padre de su hijo era realmente agradable. Tener a una persona con la que compartir al niño hacía todo mucho más fácil.

Melissa esperaba todas las noches a que su marido volviera de leerle un cuento a su hijo y todas las noches hacían el amor. En una ocasión, cuando le estaba acariciando un pecho, la vio temblar tanto que le agarró la copa de champán a medio beber que Melissa tenía en la mano y la dejó sobre la mesa.

—No te apetece ir, ¿verdad? —le preguntó.

—No, la verdad es que no —contestó Melissa.

—Pues no vamos. Vámonos a la cama.

—No podemos hacer eso. Tenemos que ir a cenar.

—Podemos hacer lo que nos dé la gana.

—No, Carlo —contestó Melissa con firmeza—. La cocinera se ha esmerado mucho para la cena de hoy. Vamos a ir a cenar primero y, luego, ya iremos a la cama.

Carlo enarcó las cejas y la miró burlón.

—¿Me estás dando órdenes?

—No, solo te estoy diciendo la verdad y sabes que tengo razón.

Carlo estalló de repente en carcajadas. No estaba acostumbrado a que nadie le dijera lo que tenía que hacer y, menos, una mujer.

Carlo aguantó una cena de la que podría haber prescindido perfectamente, pero era cierto que el personal de servicio agradeció mucho los cumplidos de Melissa. Para cuando terminaron de cenar, el deseo se había apoderado completamente de él.

Al llegar a su habitación, la desnudó y se fundió con su cuerpo.

–Me has hecho esperar demasiado –murmuró.

–¿Acaso no estás acostumbrado a esperar, Carlo?

–Nunca.

Aquella noche, exploró el cuerpo de su mujer como nunca había explorado el cuerpo de ninguna otra, disfrutó de darle placer y lo recibió también con agradecimiento, teniendo la sensación de que Melissa lo había desnudado en todos los aspectos, no solo en el físico. Cuando terminaron, se quedaron tumbados con las manos entrelazadas.

–¿Estás despierto? –le preguntó Melissa al cabo de un rato.

–Umm.

–Te quería decir que... lo estás haciendo muy bien... con Ben.

–¿Ah, sí?

–Sí –contestó Melissa girándose hacia él y mirándolo a los ojos.

Había decidido que quería que aquella noche hablaran, quería que se fueran conociendo más profundamente.

–Carlo, también te quería preguntar... ¿qué relación tenías con tu padre?

Carlo se quedó pensativo y contestó sinceramente.

–De negocios.

–Vaya, qué palabra más rara para describir una relación padre-hijo.

–Bueno, es que en aquella época las cosas eran mucho más formales. Tanto a Xaviero como a mí nos enseñaron a no mostrar nuestro amor hacia el rey.

–¿Nada de abrazos, entonces?

–No, claro que no. A mi padre jamás lo abrazábamos. Los abrazos nos los daba mi madre.

–Pero tu madre murió.

Carlo apretó los dientes. ¿Por qué lo estaba interrogando?

–Sí.

–Oh, cariño.

La manera en la que lo había dicho y cómo le estaba acariciando la cara lo turbaron. ¿Sería porque Melissa lo trataba con compasión y eso era lo último que quería de nadie? Carlo decidió que debía dejarle claro que no estaba dispuesto a pasar por una sesión de psicoanálisis cada vez que se acostaran.

–Estoy cansado y supongo que tú también –comentó–. A dormir.

Pero Melissa pasó mala noche y apenas durmió. Cuando se despertó a la mañana siguiente vio a Carlo, ya vestido, junto a la ventana.

–Vaya, has madrugado mucho –comentó.

Carlo se giró y asintió.

Melissa tuvo la sensación de que algo no andaba bien.

Las preguntas de su mujer lo habían incomodado porque no estaba acostumbrado a tocar ciertos temas dolorosos de su vida y quería que Melissa lo entendiera, quería que supiera que no podía acercarse tanto. No debía hacerse ilusiones. No iba a haber confidencias. ¿Qué sentido tenía remover el pasado?

–Es que tengo asuntos que atender antes de desayunar.

–¿Qué asuntos? –quiso saber Melissa.

–Asuntos de reyes.

Dicho aquello, Carlo sonrió con sarcasmo, pero Melissa vio que bajo su sonrisa había un marcado distanciamiento. Carlo había cambiado durante la noche y Melissa prefería al marido que le había abierto su corazón que a aquel desconocido.

Melissa se incorporó y se apoyó en los almohadones en actitud provocativa.

–¿Y esos asuntos no pueden esperar un poco? –lo tentó.

Carlo tuvo que hacer un esfuerzo sobrehumano para no ceder, pero lo consiguió porque necesitaba alejarse de Melissa un rato para poner en orden sus emociones.

–Más tarde –le prometió tirándole un beso.

Y se fue.

Melissa se quedó allí recostada sobre las almohadas, sintiéndose frustrada sexualmente y un tanto estúpida. Era vergonzoso que una mujer le pidiera en su luna de miel al marido que se quedara con ella en la cama y él la rechazara.

Melissa se preguntó si las cosas iban a ser así a partir de entonces.

Pero Carlo volvió para desayunar con Ben y con ella e incluso les propuso dar un paseo por el campo que rodeaba la casa. Durante dicho paseo, cargó al niño en brazos y, para sorpresa de su madre, Ben se portó de maravilla.

Aquel día fue perfecto. Y el siguiente. Y el siguiente.

Por lo menos eso era lo que Melissa se repetía una y otra vez. En el fondo de sí misma sabía que algo había cambiado, pero no sabía exactamente qué era.

Para alguien que los viera desde fuera, eran la pareja perfecta teniendo una luna de miel perfecta. Melissa veía como el personal de servicio sonreía cuando el rey tomaba a su hijo en brazos y se lo colocaba sentado en los hombros o cuando le enseñaba a comer melón y sandía en el desayuno.

Tampoco podía tener queja de las actividades que llevaban a cabo en el dormitorio marital todas las noches. A pesar de su falta de experiencia, Melissa se daba cuenta de que Carlo era un amante experto, un amante de libro. Tal vez, ese fuera el problema, pues un amante de libro no era un amante de verdad, ¿no? Un amante que se las sabía todas podía dar mucho placer a su mujer una y otra vez, pero aun así...

Melissa se quedó mirando fijamente el azul del mar. No podía dejar de comparar al Carlo de antes con el Carlo de ahora. Se intentaba convencer de que el hombre que la abrazaba ahora todas las noches era más real que aquel con el que había compartido unas cuantas noches en aquel verano lluvioso.

Sí, pero ¿por qué por mucho que se lo dijera una y otra vez no lo sentía así de verdad? ¿Por qué sus horas de pasión robadas al tiempo le parecían más reales que aquella luna de miel? ¿Sería porque entonces Carlo la veía porque así lo elegía libremente y no por obligación como ahora?

Melissa se preguntó si el distanciamiento que sentía entre ellos sería imaginación suya. ¿Habría hecho algo que lo hubiera ofendido? Cuando se lo preguntó, Carlo la miró sorprendido, como si estuviera loca.

Aquello hizo que Melissa se preguntara cómo iba a ser su vida cuando volvieran a palacio.

La última cena que tomaron en la villa fue fantástica y la regaron generosamente con un champán de color miel muy seco. Cuando terminaron, Carlo le indicó al servicio que se podía retirar y llevó a Melissa a su enorme cama, en la que habían compartido momentos muy íntimos en los últimos quince días.

–La última noche que vamos a pasar aquí –murmuró mientras la besaba por el cuello.

–Sí –suspiró ella con un deje de tristeza.

–¿Te da pena que nos vayamos? –le preguntó Carlo al detectarla.

Melissa quería decirle que lo que la entristecía en realidad era que no la dejaba acercarse realmente a él, pero no quería estropear su última noche allí.

–Un poco –confesó–. Ha sido una luna de miel maravillosa, ¿verdad, Carlo?

–Sí.

–Estoy un poco nerviosa. No sé qué va a pasar cuando volvamos –confesó mirándolo a los ojos–. No sé cómo demonios voy a ser reina.

Carlo le acarició un pecho.

–No te preocupes, vas a contar con mucha ayuda, *cara*.

–¿Tú...? ¡Oh, Carlo! –exclamó intentando concentrarse a pesar de que Carlo le estaba acariciando un pezón–. ¿Tú me vas a ayudar?

–No, yo no –contestó él con impaciencia–. Vas a tener tu propio equipo de asesores. No me apetece hablar de esto ahora, ¿eh? Tenemos cosas mucho más interesantes entre manos.

Melissa sucumbió a los encantos de sus labios y de sus dedos y de su erección como si estuviera programada para ello. Y esperó palabras de amor que nunca llegaron, así que ella tampoco las dijo.

Cuando volvieron a palacio, Carlo se fue directamente a una reunión mientras Melissa daba de cenar a Ben y lo acomodaba en su nueva habitación. El niño estaba inquieto, no quería bañarse, lloró y pataleó y no se calmó ni siquiera con sus canciones preferidas.

Melissa esperó a que volviera Carlo, pero la espera se prolongaba y se prolongaba. No conocía el palacio y no le apetecía salir a buscarlo a ciegas ni preguntar al servicio. Tampoco le apetecía cenar sin él. Supuso que podría pedir algo por teléfono. Seguro que el palacio tenía ese servicio, como si fuera un hotel de lujo.

Lo cierto era que no tenía tanta hambre y, además, no sabía qué pedir. ¡Ni siquiera sabía cuál era el plato nacional de Zaffirinthos!

Melissa decidió que al día siguiente se metería en Internet para aprenderlo todo sobre su nuevo hogar. También recordó que tendría a un equipo entero de asesores para ella.

¿Pero y aquella noche?

Aquella noche iba a dejar todos sus absurdos miedos e iba a recibir a su marido de la manera más tradicional del mundo.

Así que se preparó un baño de espuma bien aromatizado y, a continuación, se envolvió en un camisón de seda verde con bata a juego de una suavidad maravillosa. Para terminar, tomó una novela y se sentó a esperar a Carlo.

Esperó hasta las diez.

Luego, se dirigió a uno de los tres saloncitos que conformaban su suite y encendió la televisión para sentirse normal, pero las películas le interesaron tan poco como le había interesado el libro y los informativos con noticias del resto del mundo le hicieron sentirse todavía más aislada.

A las diez y media llamó al móvil de Carlo, pero lo tenía apagado.

Para las once ya estaba dormida y, cuando sintió el cuerpo desnudo de su marido a su lado y abrió los ojos, vio que el reloj marcaba más de medianoche.

–¿Dónde has estado? –le preguntó con voz somnolienta mientras Carlo le acariciaba un pecho.

–Shh.

–Carlo...

Pero Carlo estaba concentrado en subirle el camisón y acariciarle las nalgas. Melissa sintió sus manos frías en comparación con su cuerpo caliente de la cama. Al sentir las palmas sobre las nalgas, el deseo se apoderó de ella.

Carlo le apartó el pelo de la nuca y se la besó y, a continuación, se apretó contra su cuerpo con fuerza para que a Melissa no le cupiera ninguna duda de cuánto la deseaba. Melissa se dejó hacer. Carlo encontró su centro femenino y comenzó a acariciarlo hasta que de él brotó miel y de los labios de Melissa gritos de placer. Entonces, le dio la vuelta y la penetró mientras la besaba en la boca.

Melissa tuvo un orgasmo inmediatamente, apoyada en su hombro. Carlo siguió acariciándola y excitándose. Melissa oyó su respiración entrecortada, cada vez más acelerada, la repentina urgencia de sus movimientos y el gemido que conocía tan bien y que indicaba que el orgasmo de Carlo no andaba lejos.

Cuando todo pasó, recordó la noche tan solitaria que había pasado.

–Carlo.

–¿Umm?

–¿Dónde has estado?

–Dentro de ti, *cara* –contestó Carlo abrazándola–. ¿No te has dado cuenta?

Melissa se sonrojó.

–No me refiero a eso, lo sabes perfectamente.

Carlo bostezó.

–¿A qué te refieres entonces?

–¿Qué has estado haciendo toda la noche?

–Tenía muchos documentos que revisar... es que acabo de volver de mi luna de miel.

–Ya...

Melissa se dio cuenta de que no le quería contestar, de que estaba jugando a las evasivas, y suspiró desde lo más profundo de sí misma.

–Veo que estás cansada –comentó Carlo–. Necesitas dormir y yo también –añadió acariciándole el pelo.

Lo había dicho con amabilidad, pero en el típico tono de voz que se emplea para dirigirse a una persona que no es muy inteligente. Con aquel comentario envenenado escondido bajo una cobertura de azúcar había puesto punto final a la conversación.

Melissa se sintió manipulada.

Capítulo 11

VAS A CENAR en casa? –le preguntó Melissa con una gran sonrisa y los dedos cruzados por debajo de la mesa–. ¡Esta noche podemos cenar solos, no tenemos ningún compromiso!

Carlo levantó la mirada, pues estaba leyendo la prensa, y se encogió de hombros.

–Lo intentaré, *cara*, pero no te prometo nada porque tengo un montón de reuniones, una visita a una base naval y un cóctel después. Si no llego a tiempo, cena sin mí. No me esperes.

«No me esperes».

Melissa consiguió mantener la sonrisa a pesar de la rebeldía que sentía últimamente. Aquellas palabras resumían muy bien la esencia de un matrimonio que no tenía sustancia, que no era más que fachada.

Sí, parecía una unión perfecta con un hombre que cumplía en la cama y era buen padre cuando estaba, pero también aquel hombre era frío como una estatua de mármol.

Melissa retorció la servilleta que tenía en el regazo.

Era mejor que morderse las uñas.

Estaba haciendo todo lo que estaba en su mano para vivir desde el optimismo y lo conseguía la mayoría de las veces, aunque no le resultaba fácil. Adaptarse a su nuevo papel le había sido muy arduo. La vida de un miembro de la familia real era muy estricta y, aunque lo había sabido desde el principio, no había imaginado que iba a ser tan difícil.

Había acudido a bailes y fiestas organizados en honor de ministros que estaban en visita oficial. Para cada ocasión, Melissa se había tenido que vestir de manera diferente y le habían tenido que informar de quién era cada persona que le iban a presentar. Además, le habían entregado una lista de organizaciones benéficas para que decidiera con cuáles iba a colaborar.

¿Sería aquella labor pública tan intensa una de las razones por las que Carlo estaba a punto de abdicar cuando se habían vuelto a ver?

Por cierto que nunca jamás se había vuelto a hablar de aquel tema y cuando, en alguna ocasión, Melissa había intentado sacarlo a colación, se había encontrado con una dura respuesta por parte de su marido.

Melissa probó el café mientras se decía que no era para tanto, que la confusión y la sensación de no ser adecuada no eran más que exageraciones suyas.

Ninguna mujer pasaba de plebeya a reina sin levantar la curiosidad de los súbditos, era normal, pero cuando, además, había tenido un hijo secreto con ese rey, era todavía más normal que los súbditos sintieran por ella aún más curiosidad.

Cuando la miraban, parecían estar preguntándose si haría feliz al rey y a ella le entraban ganas de contestarles que sí, que claro que lo haría feliz... ¡si él se dejara!

Y ese era el quid de la cuestión, que Carlo no se dejaba.

Melissa se había dado cuenta de que Carlo estaba acostumbrado desde hacía demasiado tiempo a ser completamente independiente y ahora no iba a permitir que nadie se acercara demasiado a él en su vida cotidiana.

Parecía más que a gusto de tenerse a sí mismo como única compañía.

Lo cierto era que Melissa no tenía ni idea de lo que solía rondar la cabeza de su esposo, no sabía qué ocultaba bajo su mirada. Toda una vida cumpliendo el protocolo le había hecho desarrollar todo tipo de efectivos métodos para esquivar preguntas a las que no quería responder, así que, al final, Melissa había dejado de preguntar.

A veces, tenía la sensación de que la vida con él consistía única y exclusivamente en ir a eventos sociales, comidas y recepciones. En todas aquellas ocasiones, los sentaban a cada uno en un extremo de la mesa o los colocaban a cada uno en un extremo de la estancia.

Carlo seguía jugando con Ben, pero la cercanía padre-hijo que habían desarrollado durante la luna de miel se había evaporado. En la actualidad, veía a Ben solamente cuando le apetecía y Melissa tenía la sensación de que ella era la última de sus prioridades.

Solo había un lugar en el que se sentía una igual: en la cama.

Allí, Carlo la besaba, la hacía olvidarse de sus preocupaciones con sus caricias, la tomaba entre sus brazos y la hacía sentirse la mujer más feliz del mundo cuando lo sentía dentro.

Melissa tragó saliva al recordar sus momentos más eróticos.

No hacía falta tener mucha experiencia para darse cuenta de que Carlo era un experto amante y de que ella era una de las esposas más afortunadas en ese aspecto.

Y, entonces, ¿por qué tenía la sensación de que no era suficiente?

¿Por qué, a pesar de que Ben era feliz y de que ella tenía la vida material resuelta, se sentía más vacía de lo que jamás se había sentido en su casita de Inglaterra? ¿Sería porque allí sabía exactamente quién era mientras que en el palacio...?

En el palacio se sentía como la sombra de una mujer que corría tras una ilusión con la esperanza de que se convirtiera en realidad y no lo conseguía.

Lo cierto era que Carlo nunca le había dado pie a que se hiciera ilusiones, había sido ella la que se había puesto a perseguir una quimera, la que había creído que las cosas cambiarían algún día.

No, nada iba a cambiar o, mejor dicho, Carlo no iba a cambiar.

No, no se iba a convertir en otro hombre, no iba a ser de esos que hablaban de todo con sus mujeres, de los que les confesaban sus pensamientos, esperanzas y miedos, de esos que deseaban una relación de unidad, de equipo, que ella quería.

A lo mejor no sabía hacerlo de otra manera...

Melissa se había ido dando cuenta poco a poco de que no iba a cambiar nada si no lo hacía cambiar ella.

Tras dejar la tostada a medio comer en el plato, miró a Carlo y se obligó a sonreír.

–¿Y puedo ir contigo?–le preguntó.

Carlo dejó el periódico sobre la mesa.

–¿Adónde?

–A visitar la base naval. Nos podríamos llevar también a Ben. Seguro que le encantarían los barcos.

Carlo se sirvió un terrón de azúcar en el café y lo removió.

–Me temo que no va a poder ser. Sería demasiado

precipitado y, además, no es una visita adecuada para un bebé.

–¿Ah, no?

–No, la verdad es que no –contestó Carlo probando el café–. No se iba a enterar de nada. Sería una pérdida de tiempo.

–Claro –contestó Melissa intentando ocultar su frustración.

Le hubiera gustado decirle que no se estaba enterando de nada, le hubiera gustado tirar la taza de café y gritarle que dejara de ser tan tranquilo y educado y que se abriera y hablara con ella.

Carlo se dio cuenta de que aquellos labios que habían recorrido su anatomía aquella noche adquirirían ahora una expresión de enfado y se suavizó.

–De todas formas, tú tienes tu propia agenda, *bella*. Supongo que tienes suficiente con tus visitas.

–Sí, así es –contestó Melissa.

–¿Qué tal te llevas con tu secretaria personal? ¿Qué te parece?

–Muy bien, es adorable.

–¿Y la niñera? ¿Te parece adecuada?

Melissa probó el café. Al principio, se había negado a tener niñera porque quería tener a Ben solo para ella y, además, se sentía culpable de tener ayuda cuando no trabajaba, pero pronto se dio cuenta de que no iba a poder hacerlo todo ella y había aceptado a la niñera de buen grado.

–Sandy es un encanto. La verdad es que todos los empleados lo son.

–Entonces, ¿qué te pasa?

Así que Carlo creía que le había preguntado si podía ir con él porque tenía algún problema. ¿O es que el verdadero problema era que quisiera acompañarlo?

¿No se daba cuenta de que quería demostrarle cómo podía mejorar su calidad de vida? Si hacían más cosas juntos, tal vez, se sentirían más unidos.

Carlo no tenía telepatía, así que, si no se daba cuenta, tendría que decírselo de viva voz y el tiempo apremiaba. Ben crecía aprisa y, si se descuidaban, se convertiría en un niño de cuatro o cinco años con padres distanciados.

–Hace una eternidad que no vas a la piscina con Ben –le dijo con una gran sonrisa–. Y le encantaría meterse en la piscina grande con su papá.

A Carlo le empezó a palpitar una vena en la sien.

–Ya te he dicho que he contratado al mejor profesor de la isla para que se encargue de eso –contestó–. Vendrá en cuanto lo llames por teléfono.

Melissa no dio su brazo a torcer.

–Pero no es lo mismo, Carlo.

–No, tienes razón, no es lo mismo –contestó Carlo sonriendo también–. Aunque soy buen nadador, *cara mia,* yo nunca he ganado una medalla de oro en natación.

–Ben necesita verte –insistió Melissa.

–Y me ve.

Hubo algo en la expresión facial de Carlo, que permanecía inalterable, como si no pasara nada, que hizo que Melissa hablara sin pensar.

–Sí, te ve, pero solo cuando tú quieres, ¿verdad? O sea, un ratito por la mañana, otro ratito por la noche y algún día del fin de semana a la hora de comer si tiene suerte. Parece que siempre son las migajas y es tu... mira, está en un momento de la vida en el que nos necesita a los dos. Le encanta estar contigo, pero, si no pasas suficiente tiempo con él, me temo que...

me temo que nunca vas a conseguir establecer un vínculo de verdad con él.

Carlo dejó la taza de café en el platillo.

–¿Vínculo? –se burló a pesar de que sentía un terrible frío alrededor del corazón.

Era como si Melissa lo hubiera puesto al borde de un precipicio y lo estuviera obligando a mirar hacia abajo, hacia lo desconocido. Era curioso, pero le recordaba a lo que había sentido cuando su madre había muerto, a aquellos sentimientos que había bloqueado, y a los que se habían apoderado de él cuando se había despertado del coma y no recordaba nada.

¿Cómo se atrevía? ¿Cómo osaba decirle cómo vivir su vida?

–Preferiría que no fueras de psicoanalista por la vida, por favor –le espetó–. A lo mejor, cuando lleves más tiempo por aquí te darás cuenta de que en una familia real las cosas no funcionan así.

Melissa dejó de retorcer la servilleta y decidió que le tenía que decir algo importante. No se podía callar. A lo mejor mejoraba las cosas o las empeoraba, pero por el bien de su hijo, y también del de ellos dos tenía que decirlo.

–No sé cómo funcionarán, pero lo que sí sé es que no debe de gustarte demasiado que funcionen así si ibas a abdicar.

Carlo miró a su alrededor.

–Baja la voz.

–No hay nadie –lo tranquilizó Melissa.

–No me importa.

–Pero a mí sí –le espetó Melissa–. Nunca hemos hablado de ello, ¿verdad? Nunca has querido que lo hiciéramos. Ha sido un tema que nunca ha estado abierto a debate entre nosotros.

–El tema está cerrado y punto.

–¡No puedes hacer eso, no puedes vetar un tema porque te incomoda! ¡Si lo haces, si reprimes ciertas cosas, esas cosas se quedarán bloqueadas y enquistadas y el día que menos te lo esperes te explotarán en la cara!

En realidad, estaban a punto de explotar ya.

–No me apetece seguir hablando de esto contigo –le dijo Carlo dispuesto a levantarse.

–Claro, tú no hablas de nada, ¿verdad? Haces como si no hubiera pasado nada, pero han pasado muchas cosas. A causa de Ben has tenido que seguir siendo rey y, además, te has tenido que casar conmigo y no me has dicho ni una sola vez cómo te hace sentir eso. Claro que, es de esperar tratándose de ti, porque tú no hablas de tus sentimientos, ¿verdad?

–Melissa... –le advirtió Carlo.

–No he terminado –lo interrumpió ella a pesar del visible enfado de Carlo–. Ni siquiera te molestaste en decirle a tu hermano que pensabas abdicar en él. Ni siquiera te molestaste en preguntarle si quería ser rey.

Carlo se quedó de piedra.

–¿Qué has dicho?

Melissa negó con la cabeza.

–No importa.

–Claro que importa. ¿Te pasas el día especulando sobre lo que pensara mi hermano o qué?

–¡No son especulaciones! –se defendió Melissa–. Me lo dijo Catherine.

Carlo se quedó en silencio.

–¿Catherine? –repitió con incredulidad.

–Sí, me dijo que Xaviero creía que ibas a hacer algo dramático. Como verás, no andaba desencaminado.

–¿Habéis estado cotilleando sobre mí?

–¡No entiendes nada! No, no hemos cotilleado sobre ti. Ni siquiera estábamos hablando sobre ti. Cuando fuimos de compras juntas, Catherine mencionó que creían que ibas a abdicar.

–¿Y le dijiste que era verdad?

–No, no le dije nada.

–¿Por qué no me lo habías contado?

–Porque no me pareció importante dado que ya no ibas a abdicar y también porque me temía que ibas a reaccionar como has reaccionado, de manera desagradable y exagerada.

–¿Exagerada?

–¿Y por qué no se lo habías dicho a Xaviero? ¿Tan seguro estabas de que tu hermano iba a querer ser rey? ¿Y por qué iba a querer lo que tú despreciabas?

Carlo se quedó mirando el jardín a través del ventanal.

Había habido un tiempo en el que su hermano pequeño había tenido envidia de él por ser el heredero, pero Carlo también tenía envidia de Xaviero porque tenía una libertad con la que él no podía ni soñar.

–Durante muchos años, sí, quiso ser rey. Sobre todo, cuando éramos niños.

–¿Y después? ¿Y últimamente?

Carlo no lo sabía. El peso de la monarquía le había hecho perder el contacto con mucha gente cercana a él, incluido su hermano. Xaviero era un desconocido. ¿Acaso no le había pasado lo mismo con todo el mundo desde que lo habían coronado? Se había quedado completamente solo. ¿Y no era esa la única manera de ser un buen rey, estar solo y dedicarse única y exclusivamente a su reino?

–Lo hizo muy bien cuando tuvo que sustituirme

cuando tuve el accidente. Fue mi regente y lo hizo estupendamente. Si yo no me hubiera recuperado, habría seguido ocupando el trono. Según mis ayudantes, estaba encantado.

A pesar de la tensión que había entre ellos, Melissa tuvo un atisbo de esperanza, pues era la primera vez que le contaba cosas tan íntimas. Aunque se arriesgaba a que Carlo se enfureciera con ella si seguía hablando, decidió que era mejor arreglar aquello de una vez por todas.

Juntos.

Quería que Carlo comprendiera que podía confiar en ella porque esa era una faceta de su papel tan importante como visitar colegios o inaugurar carreteras.

–¿Y no habría sido más fácil sentarte con él y hablarlo? –le preguntó.

Carlo la miró con los ojos entrecerrados.

¿No lo había hecho por arrogancia o por orgullo? ¿Habría sido para que su hermano no se diera cuenta de su falta de memoria y así evitarse el sentirse desvalido? Lo cierto era que nunca había hablado demasiado con Xaviero. En su mundo, los hombres no hablaban demasiado entre ellos.

Ahora, mientras miraba a Melissa y se daba cuenta de su denodado esfuerzo por profundizar en su relación a pesar de que él le había dicho que no lo hiciera, que no insistiera en adentrarse en sus sentimientos, no pudo evitar suspirar.

Era una buena madre, una buena compañera de cama y tenía potencial para convertirse en una buena reina, pero eso no le daba carta blanca para comportarse como si siguiera viviendo en Inglaterra. Carlo no estaba dispuesto a tolerar sus interferencias ni que hablara de temas como aquellos durante el desayuno.

Tenía que quedarle muy claro a Melissa y, además, si quería que su matrimonio fuera amigable, iba a tener que seguir sus reglas, unas reglas que habían existido en su familia desde que habían conquistado aquella isla y que habían pasado de generación en generación durante siglos.

Carlo se puso en pie.

—No me gusta esta costumbre moderna de remover el pasado y sacarlo a la luz... creo que ya te lo dije durante la luna de miel —le dijo—. Lo que se hizo, hecho está, y no tiene ninguna relevancia en nuestras vidas ahora, así que vamos a dejarlo como está, ¿de acuerdo? Te advierto, Melissa, que es la última oportunidad que te doy. No pienso consentir que vuelvas a sacar este tema solo para satisfacer tu curiosidad.

Melissa se encogió.

Tenía la sensación de haber estado hojeando las primeras páginas de un libro, un libro de preciosas ilustraciones y bonito argumento, un libro que le hablaba de la vida interior de su marido y de los sentimientos que ocultaba al mundo.

Pero ahora se sentía como si su mismo marido le hubiera cerrado el libro en las narices y lo hubiera arrojado al suelo.

Melissa lo miró con incredulidad.

Carlo la estaba mirando muy serio.

Melissa comprendió que habían llegado a un punto de no retorno.

—Y yo quiero que te quede claro que yo no puedo vivir así —murmuró—. Si nuestro matrimonio se va a desarrollar en un ambiente tan... estéril... probablemente no durará, porque es imposible que las semillas, por muy buenas que sean, germinen en suelo yermo.

A lo mejor, un día vuelves de un viaje y te encuentras con que ya no estoy.

Se produjo un silencio peligroso mientras Carlo la miraba intensamente.

–Eso ha sonado a ultimátum, *cara*.

Melissa decidió seguir a pesar de la tensión.

–Te estoy diciendo lo que siento.

–¡Y yo te estoy diciendo que no pienso tolerarte que me hagas chantaje emocional!

Melissa hizo una mueca de dolor y Carlo vio que sus ojos color esmeralda se llenaban de lágrimas. Aquellas lágrimas le dolieron, pero se dijo que era mejor así, que, cuanto antes comprendiera Melissa cómo funcionaban las cosas por allí, mejor para todos.

Dicho aquello, abandonó el comedor dando un portazo. Melissa se quedó mirando el vacío que había dejado, esperando a que se le tranquilizara el latido del corazón. A continuación, fue a buscar a Ben. Se sentía como si todo el peso del mundo hubiera caído sobre sus espaldas y, aunque abrazó a su hijo con ternura contra su pecho, no consiguió liberarse de la desagradable sensación que se le había quedado en el cuerpo después de la discusión.

Tenía miedo de haber estirado demasiado la goma y de que su enfrentamiento provocara la ruptura definitiva de una relación que no acababa de cuajar. Y, entonces, ¿qué harían?

Era un fastidio no tener compromisos aquel día, pues le habría ido bien distraerse, pero decidió pasarlo con su hijo, así que lo llevó a la piscina y estuvo dibujando con él. El niño necesitaba amigos de su edad y aquello le llevó a preguntarse si solo podría alternar con aristócratas o si podría mezclarse con niños normales y corrientes.

Tenía el corazón lleno de miedos y se sentía ago-
biada por el palacio. Era como si las paredes se estre-
charan sobre ella y el edificio le dijera «estás aquí
única y exclusivamente porque tuviste un hijo con el
rey».

¿Y acaso no era verdad?

Cuando Ben se quedó dormido a la hora de la siesta,
le dijo a Sandy que salía a dar un paseo y que no tar-
daría.

Excepto eso, no siguió las reglas que sabía que debía seguir. No le dijo a nadie adónde iba porque lo
cierto era que no lo sabía, pero debería haber hablado
con la seguridad de palacio de todas formas y no lo
hizo.

Fue a su habitación y rebuscó en su armario hasta
que encontró unos vaqueros y una camiseta de su an-
tigua vida. Se quedó mirándolos y pensando lo lejos
que había quedado aquella vida, cuando solo tenía un
par de vaqueros y, cuando los lavaba, los ponía a se-
car sobre el radiador por la noche.

Ahora que era reina, casi nunca llevaba vaqueros
y los que tenía, infinitos pares, eran de marca, nada
que ver con los que solía comprar antes.

Tras ponerse un sencillo bañador negro, se los
puso junto con una camiseta vieja. Le gustó volver a
sentir la tela desgastada.

Así ataviada, salió a dar un paseo por los jardines.
Recordaba perfectamente la impresión que le habían
causado aquellos jardines cuando había ido por primera vez al palacio para la fiesta en honor de Xaviero, Catherine y su hijo, Cosimo.

Melissa suspiró.

Era curioso, pero lo cierto era que aquel día volvía
a sentirse aquella mujer que había llegado de Ingla-

terra para ayudar con los últimos preparativos. Y no era solo por la ropa que se había puesto, sino porque su mente se fue llenando de recuerdos.

Allí estaba la casita en la que se había alojado y en la que Carlo la había seducido a sangre fría tras hablarle de Ben. Estaba sola y alejada del palacio y a Melissa le pareció que era un buen símil. Ella también se sentía así.

Sabía perfectamente dónde estaban los guardias, así que salió de la propiedad sin ser vista. Una vez fuera, se sintió libre. Qué placer. Era la primera vez que se escapaba. Nada de mayordomos ni de damas de compañía, nada de guardias de seguridad ni de marido inalcanzable con el que solo se compenetraba en la cama.

Anduvo un rato hasta que llegó a un camino que bajaba a la playa. Aunque sabía que estaba muy cerca de palacio, la sensación de libertad era maravillosa.

Cuando llegó a la arena blanca, se dio cuenta de que no se había llevado ni toalla ni agua y hacía bastante calor. Bueno, tampoco tenía mucha importancia porque no tenía previsto quedarse mucho tiempo, solo el necesario para volver a sentirse Melissa... sin restricciones, sin limitaciones, como había sido antes.

En lo más profundo de sí sabía que no era tan fácil. Sí, podía escaparse y quedarse en aquella playa todo el tiempo que quisiera, haciendo como que era la Melissa de antes, pero lo cierto era que aquella Melissa ya no existía.

Se había ido para siempre y no la podía recuperar por mucho que se empeñara.

Sentía que no conocía muy bien a la nueva Melissa, a la reina Melissa, y se encontró preguntándose qué le depararía el futuro.

«No pienso compadecerme. Sí, es cierto que estoy casada con un hombre que, a veces, se comporta como si solo fuera una bonita máquina de lo más eficaz, pero tengo otras muchas cosas buenas en mi vida. Un hijo maravilloso, una situación económica privilegiada...».

A pesar de que se empeñó en ver las cosas positivas que tenía, no pudo evitar el terrible dolor que la partía por dentro al comprender en lo que se sustentaba realmente su matrimonio.

Decidió meterse en el mar a nadar, así que se quitó los vaqueros y la camiseta. Su madre siempre le había dicho que lo mejor para despejar la mente cuando estaba alterada era hacer deporte.

Así que avanzó hacia el mar color zafiro. Tenía el corazón en un puño. El agua no estaba especialmente fría, así que se metió poco a poco, disfrutando del momento, de sentirla en los tobillos primero y, luego, en las pantorrillas, en los muslos, en la tripa...

A lo lejos, se oía un helicóptero.

Capítulo 12

Y EL GOBIERNO griego está dispuesto a negociar si se pliega usted a esta última concesión, Majestad.

Se hizo el silencio alrededor de la mesa y Carlo se dio cuenta de que diez personas lo miraban expectantes. Le habían hecho una pregunta y no tenía ni idea de cuál había sido, porque no había estado prestando atención. Tenía la noción de que estaban hablando de los derechos de pesca, sus ministros estaban bien informados al respecto y él conocía el asunto de otras veces, pero no había sido capaz de concentrarse.

¡Porque no podía dejar de pensar en su mujer, aquella mujer testaruda y locuaz que se había atrevido a sacarle los colores durante el desayuno!

Carlo recordó sus palabras.

Torció los labios al recordarlas, al recordar el reproche con el que le había dicho que él no hablaba de sus sentimientos. ¿Pero qué se creía, que era de esos hombres que hacían una sesión de terapia cada vez que abrían la boca?

La acusación que había vertido sobre él de que no pasaba suficiente tiempo con su hijo le había dolido todavía más. Pensó en la sonrisa de Ben, en cómo lo abrazaba con sus bracitos regordetes. ¿Se creía Melissa que no echaba de menos jugar con su hijo? ¿No se daba cuenta de que una cosa era una luna de miel y otra muy diferente la vida real? Si pudiera, estaría todo el día con su hijo, pero no podía ser porque tenía que cumplir con sus obligaciones como monarca.

Los ministros seguían mirándolo. Carlo intentó olvidarse de los ojos implorantes de Melissa y de sus labios temblorosos y ganar tiempo.

Porque había algo que lo estaba incomodando sobremanera. Si le daban igual los sentimientos, ¿cómo podía explicar aquel vacío que se había apoderado de él como una nube negra?

Intentó quitarse de encima aquella sensación y miró a Orso, que estaba sentado frente a él. Su intelecto privilegiado le había sido de mucha ayuda mientras había tenido amnesia, pues su amigo era un hombre de gran inteligencia e intuición.

Aquello de la amnesia, le hizo volver a pensar en Melissa. ¿Le había dado las gracias por haberle ayudado a recuperar la memoria?

—Orso, ¿qué te parece este tema?

—Usted es el rey, Majestad.

Carlo entendió inmediatamente que eso quería decir que no debía firmar aún. Se conocían hacía tantos años que les bastaba con frases como aquella para comunicarse, pero, en aquella ocasión, además del mensaje cifrado, Carlo decidió entender la frase en toda su magnitud.

Sí, era el rey, aunque a veces se sentía dirigido como una marioneta por las necesidades de su gente, por las expectativas que tenían puestas en él y porque él mismo se obligaba a cumplir con ellas tal y como le había enseñado su padre, pero lo cierto era que su padre había gobernado en una época muy diferente.

Sí, era el rey y su poder era absoluto. Podía reinar

como mejor le pareciera, la monarquía no era inamovible, se podía moldear y cambiar.

Carlo comprendió de repente que, si no llevaba a cabo esos cambios tan necesarios, la institución corría el riesgo de anquilosarse y convertirse en una pesada carga que nadie quisiera.

¿Y qué tipo de regalo envenenado sería aquel para su hijo?

Estaba a punto de dar instrucciones para volver a verse cuando una de las asesoras de la reina interrumpió la reunión. Llegaba tan pálida y preocupada que Carlo no le recriminó la interrupción.

—¿Sí? ¿Qué ocurre?

—¡La reina, Majestad!

Carlo se puso en pie.

—¿Qué le pasa a la reina?

—¡Se ha ido!

—¿Se ha ido? ¿Adónde?

—No lo sabemos, Señor. El príncipe Benjamin se puso a llorar y a llamar a su madre y como la reina quiere que la avisemos cuando eso sucede...

—¿Y dónde demonios está? Alguien lo tiene que saber.

—Dijo que iba a salir a dar un paseo, Majestad.

—¿Y no dijo hacia dónde?

—No, Señor.

Carlo sintió que se le encogía el corazón y recordó algunas cosas más de las que Melissa le había dicho durante el desayuno.

«Y yo quiero que te quede claro que yo no puedo vivir así. A lo mejor, un día vuelves de un viaje y te encuentras con que ya no estoy».

¿Lo habría dicho en serio? ¿Literalmente? ¿Era tan exigente y agobiante que había huido de él? Carlo sintió que el dolor lo atravesaba y se dio cuenta de lo idiota que había sido.

–Que salgan a buscarla inmediatamente –ordenó–. Alertad a los aeropuertos, que venga el helicóptero. Haced lo que tengáis que hacer. ¡Encontradla! –añadió apretando los puños mientras iban hacia la puerta.

Carlo salió al jardín y miró a izquierda y derecha con la esperanza de verla aparecer en cualquier momento, pero no había ni rastro de ella.

El helicóptero estaba despegando.

Carlo se puso todavía más nervioso. La aeronave se perdió en el cielo en dirección al mar y corrió en la otra dirección. De repente, se puso a sonar el teléfono móvil que llevaba en el bolsillo.

Carlo contestó y escuchó en silencio.

–¡Mandadme un coche inmediatamente! –gritó en griego.

En pocos minutos, apareció un cuatro por cuatro y Carlo se montó en el asiento del copiloto sin saludar al conductor ni al guardaespaldas.

–¡Vamos! –ordenó.

Cuando vieron dónde estaba el helicóptero, se pararon y Carlo se acercó al precipicio. Desde allí vio la inconfundible silueta de su mujer adentrándose en el mar.

–¡Melissa! –gritó desde las entrañas.

No le oía.

–¡Que se vaya el helicóptero! –gritó furioso.

El guardaespaldas dio instrucciones por radio y la aeronave se alejó, momento que Carlo aprovechó para empezar a bajar hacia la playa.

–¡Melissa! –volvió a gritar cuando ya casi estaba tocando la arena.

Melissa oyó algo que la extrañó. No era el helicóptero, que ya se había ido, sino un grito desgarrador que jamás habría reconocido si no se hubiera dado la vuelta y hubiera visto a un hombre alto y fuerte bajando por la ladera rocosa.

¿Le habría dado demasiado sol en la cabeza?

¿De verdad era Carlo?

¿Pero no le había dicho que tenía reuniones todo el día y la visita a la base naval? ¿Y por qué se quitaba la chaqueta y la corbata y corría hacia ella así?

Melissa se quedó mirándolo anonadada.

Vio como se quitaba los zapatos en la orilla y como se metía en el agua y comenzaba a nadar hacia ella.

–¡Carlo! –gritó.

Para entonces, él ya había llegado a su lado y la había tomado en sus brazos. Tenía el rostro crispado por el miedo, el enfado y la angustia.

–*Che cazzo stai facendo*? –le preguntó abrazándola contra su pecho–. ¿Qué demonios haces?

Capítulo 13

MELISSA se quedó mirando a su esposo, que estaba furioso, y sintió que se le aceleraba el corazón.

–¡Me iba a dar un baño! –contestó–. ¿Qué creías que estaba haciendo?

Carlo dejó escapar un suspiro desde lo más profundo de sí mismo.

–¿Y yo qué sé? ¿Cómo demonios lo iba a saber?

Melissa comprendió de repente que su enfado nacía del miedo.

–¿No habrás creído... no creerás que me estaba metiendo en el mar para... acabar con mi vida... por que hayamos tenido una discusión? –balbució–. ¿No te das cuenta de que jamás haría una cosa así teniendo un hijo? ¿Te crees que no lo valoro? ¿Te crees que no aprecio mi vida? –añadió enfadándose también.

Carlo la miró a los ojos y negó con la cabeza, sintiendo que el corazón le latía desbocado.

–Me he dejado llevar –recapacitó.

Y era cierto. El instinto lo había llevado a meterse en el mar sin pensar para sacarla y abrazarla.

–¿Por eso te has metido en el mar vestido? –le preguntó Melissa intentando apartarse.

Pero Carlo no se lo permitió. La tenía bien agarrada de la cintura.

–¿Y qué querías que hiciera? –se rio–. Una de tus

ayudantes ha venido a la reunión a decirme que te habías ido y que nadie sabía dónde estabas. No te has llevado ni un guardaespaldas contigo. Es un comportamiento que jamás ningún miembro de la familia real ha tenido. ¿Cómo iba a saber lo que estaba sucediendo?

Al percibir el temor en la voz de Carlo, Melissa se dio cuenta de que ella también había actuado con irresponsabilidad cuando se había ido. Lo había hecho sin pensar. Su comportamiento había asustado hasta un punto insospechado a un hombre, su esposo, que vivía su vida cotidiana rodeado de peligro.

–No quería alarmarte –se disculpó–. Lo siento.

–¿Por qué lo has hecho? ¿Por qué te has ido sin decírselo a nadie? ¿Lo has hecho para castigarme?

–¿Para castigarte?

Carlo sabía que, de haber sido por eso, tendría razón. Se merecía el castigo. Ahora no le quedaba más remedio que contarle la verdad.

–Por mi comportamiento despótico –confesó–. Por haberte tratado como si fueras una posesión y no mi pareja, por no hablar contigo, por no escucharte.

Melissa sintió que el corazón comenzaba a latirle aceleradamente. ¿Serían aquellas palabras el preludio de un anuncio de divorcio? A lo mejor, Carlo había llegado a la conclusión de que lo suyo no podía ser y había decidido devolverle la libertad que ella tanto ansiaba. De ser así, su pequeño atisbo de libertad le iba a costar caro.

De repente, vio un reflejo en lo alto y se dio cuenta de que los estaban observando, así que decidió que, fuera lo que fuese lo que le iba a decir Carlo, lo aceptaría con dignidad. No le quedaba más remedio. Había intentado todo lo que había estado en su mano para construir una buena relación entre ellos, para salvar su matrimonio.

La verdad era que no le apetecía nada tener público en aquellos momentos.

–¿Sabes que tu gente nos está vigilando con prismáticos? ¿Te has dado cuenta de que estamos medio sumergidos en el agua? Quizás no deberíamos tener esta conversación aquí.

–Tienes razón –contestó Carlo mirando hacia arriba.

Y, a continuación, sin previo aviso, la tomó en brazos.

–Carlo, por favor, esto es de locos...

–Sí, de locos.

–Puedo andar perfectamente.

–Sí, y correr. No vaya a ser que te escapes.

–No digas tonterías.

–¿De verdad son tonterías?

Habían llegado a la orilla, estaban en la arena, pero Carlo seguía apretándola contra su pecho y Melissa se sentía confusa.

–Por favor, bájame –le pidió–. Te prometo no salir corriendo.

–No –contestó Carlo encaminándose a un saliente de roca que daba sombra.

Al llegar, la dejó sobre la arena y se quedó mirándola fijamente.

–Bueno, cuéntame qué ha pasado. Quiero saberlo, Melissa.

Pero Melissa negó con la cabeza. Se sentía incapaz de verbalizar ante él sus miedos y sus dudas, aquellos miedos y aquellas dudas que le habían hecho imaginarse un futuro muy negro. No quería resultar todavía más vulnerable.

Si Carlo sabía que, a pesar de cómo la trataba, no podía evitar amarlo... ¿acaso no le había dejado claro desde el principio que no quería su amor?

–¿Por qué has venido? –le preguntó.

Carlo se dio cuenta de que Melissa se estaba escabullendo. Como rey, estaba acostumbrado a que los demás contestaran a sus preguntas y no a que le preguntaran a él, pero su mujer era diferente.

Carlo vio la angustia que reflejaban los ojos de Melissa y sintió remordimientos.

Aun así, dudó. Sabía que se lo tenía que contar todo, pero no sabía por dónde empezar. ¿Cómo se empezaba a hablar de sentimientos cuando se llevaba toda la vida haciendo todo lo que se podía para ignorarlos?

–He venido porque necesito hablar contigo.

Aquellas palabras podían significar muchas cosas.

Melissa oía el batir de las olas, pero le parecía que estaban muy lejos. Todo le parecía muy lejano. Solo existían Carlo y ella. Solo importaban las diferencias que siempre se habían interpuesto entre ellos y que seguían ahí.

–¿Qué... qué me quieres decir?

Carlo se dio cuenta de que aquello no iba a ser fácil, de que, si quería un futuro con ella, iba a tener que desnudar su alma.

Aquello era lo más difícil que había hecho en su vida.

–¿Y si te digo que he sido un idiota, que he puesto todas las barreras que he podido a lo largo de mi vida para que nadie llegue a mí y que eso me ha llevado a estar a punto de perder lo más importante que tengo, que sois Ben y tú? ¿Y si te digo que quiero confiar en ti, que he comprendido que no puede haber matrimonio sin confianza y que ya no puedo soportar la tristeza que veo en tus ojos cada vez que rechazo lo que me ofreces?

–Basta –contestó Melissa negando con la cabeza–. Déjalo. No hace falta que digas cosas que no sientes de verdad solamente porque crees que es lo que quiero oír.

–¿De verdad crees que eso es lo que estoy haciendo?

Melissa se rio con amargura.

–¿Te extraña? –contestó mirando hacia abajo para que Carlo no viera las lágrimas que amenazaban con brotar de sus ojos–. ¿Por qué ibas a haber cambiado tanto de parecer de repente?

Aquella acusación dolió a Carlo, pero comprendió que era normal que Melissa le dijera algo así. No era para menos. La había tratado mal, no la había dejado acercarse y ahora era ella la que no quería hacerlo.

Mientras la observaba, con la cabeza gacha, sintió un terrible dolor en el corazón, el mismo dolor que había sentido siendo adolescente cuando su padre le había dicho que los príncipes no lloraban, que debía secarse las lágrimas y caminar detrás del ataúd de su madre con la cabeza bien alta.

Se había prometido a sí mismo no volver a sentir aquel dolor, protegerse de sus afiladas cuchillas, pero allí estaba, sintiéndolo de nuevo. Se dio cuenta de que dolor y amor eran las dos caras de una misma moneda y de que, a menos que consiguiera convencer a su esposa, todavía iba a sufrir más.

Melissa estaba temblando.

–Espera un momento –le dijo corriendo hacia la orilla de nuevo.

Volvió a los pocos segundos con su chaqueta, la sacudió para quitarle la arena y se la puso a Melissa por los hombros.

Melissa inhaló profundamente y aspiró el olor de

Carlo, aquel olor inconfundible a sándalo, almizcle y masculinidad. Se sentía rodeada por él, protegida por él. ¿No sería peligroso?

–Siéntate –le indicó Carlo amablemente.

Melissa se daba cuenta de que estaba intentando agradarle, pero no sabía por qué. Aun así, se sentó en la arena y lo miró a los ojos.

–Está bien. Ya me he sentado y ya no tengo frío. ¿Por qué no me dices lo que me tienes que decir, Carlo?

Carlo se fijó en como se había cruzado de brazos. Aquel gesto decía claramente «lárgate». Le hubiera gustado acariciarla, pero no podía ser. Tenía que decirle algo importante y no quería interferencias.

–Esta mañana me he enfadado mucho –confesó haciendo una pausa para ordenar sus ideas–. Me he enfadado porque me has obligado a mirarme y a ver cómo estoy viviendo mi vida. Porque me has obligado a confrontarme con lo que siento, con lo que siento por ti, pero no estaba preparado para admitirlo. Me he dado cuenta de que, si no actuaba con premura, había muchas posibilidades de que te fueras y de que, entonces, mi vida no tuviera sentido.

–Carlo...

–Shh –le pidió–. Me he dado cuenta de que tienes razón, de que he dejado que mi reino me consuma la vida y no he hecho bien. Eso no es bueno ni para mí, ni para ti, ni para Ben y ni siquiera para Zaffirinthos. He decidido que tengo que encontrar otra manera de gobernar, una manera que me permita seguir siendo un buen rey y, además, un buen padre y un buen marido. El equilibrio es importante, nos hace sentir bien. Además, no quiero entregarle a mi hijo una corona que a mí me ha destrozado la vida.

Melissa lo miró esperanzada.

–¿Y qué cambios vas a hacer?

–Voy a hablar con mi hermano. En nuestra boda me dijo que había tenido que irse a vivir al extranjero para darse cuenta de lo mucho que amaba Zaffirinthos. No sé cómo, pero voy a solucionar esto. ¿Me crees?

–Sí, Carlo, te creo –afirmó Melissa.

Carlo sonrió. Era increíble que Melissa confiara en él inmediatamente. ¡Y pensar que había estado a punto de perderla!

–Cuando me he enterado de que te habías ido... he sentido miedo –continuó–. Me he parado a pensar en cómo sería mi mundo sin ti, un mundo sin sonrisas y sin abrazos, sin caricias... no, no podía ser. No podía permitirlo. Algo me ha hecho salir corriendo a buscarte, igual que hice cuando me presenté en tu habitación aquella noche, la noche que me dijiste que Ben era mi hijo. Ese algo siempre ha estado ahí, pero no sabía cómo llamarlo. Ahora ya lo sé.

–¿Y qué es? –le preguntó Melissa instándolo a que fuera hasta el final.

Quería oír la verdad de sus labios, para que no hubiera malentendidos en el futuro.

A Carlo le temblaban las manos.

Solo era una palabra, pero...

–Amor –dijo.

–¿Amor? –repitió Melissa en voz baja.

Carlo vio que Melissa no daba crédito a lo que estaba oyendo y decidió que debía dejárselo claro.

–Sí, amor –repitió tomándola de la mano en la que lucía el anillo de pedida y la alianza de boda–. ¿Sabes que, cuando me di cuenta de que me iba a tener que casar contigo porque teníamos un hijo, una parte de mí se alegró mucho porque te iba a tener toda para mí? Eso quería decir que te iba a poder ver cuando quisiera.

–Pues lo disimulaste muy bien.

–Sí, disimulé porque estaba aterrorizado de mis propios sentimientos.

–¿Y eso?

–Me sentía vulnerable –confesó Carlo.

–¿Tú vulnerable?

–Sí, yo –contestó Carlo–. Me he dado cuenta de que soy exactamente igual que los demás, sobre todo en el amor, y de que no soy inmune a sentir por mucho que lo haya intentado.

Melissa le acarició la mejilla y Carlo le agarró la mano y se la besó.

–Oh, Carlo...

–Te quiero, Melissa. Te quiero por ser tú, por ser valiente y plantarme cara, por ser fuerte y amarme. Te quiero por el hijo que me has dado y al que tan bien has criado a pesar de las adversidades y te prometo que os querré a los dos toda la vida... si me permites pasarla a vuestro lado, claro. Siento mucho no haber abierto los ojos antes.

Melissa sintió que una profunda emoción la embargaba.

No podía estar hablando en serio.

Pero sí, lo veía en sus ojos, lo decía en serio.

El Carlo que tenía ante sí no era el rey, sino el hombre que había crecido con un padre castrante, sin la ternura y el afecto de su madre. ¿Quién podía culparlo de haber erigido un muro alrededor de su corazón?

Estaba tan emocionada que apenas podía hablar.

–Yo también te quiero –le dijo con lágrimas en los ojos–. Siempre te he querido y siempre te querré.

Carlo le tomó el rostro entre las manos consciente de que podría haberla perdido para siempre.

–¿Me perdonas? –murmuró.

Melissa asintió y lo besó en los labios para absolverlo mientras lo miraba feliz.

–Ya está, ya pasó. Lo único que importa ahora es el futuro y, por supuesto, el presente.

–Tú eres mi presente –contestó Carlo–. Como presente que eres, me encantaría abrirte ahora mismo, pero, como nos están vigilando, lo dejaremos para otro momento. Nos vamos a tener que conformar con esto.

–¿Con qué?

Carlo la tomó de la mano y salieron de debajo del saliente. Una vez al sol, sin importarle el protocolo ni los hombres que velaban por su seguridad desde lo alto del acantilado, el rey estrechó a su reina entre los brazos y la besó.

Epílogo

Y ASÍ FUE como la monarquía de Zaffirinthos se convirtió en un modelo a imitar. Los historiadores y los sociólogos escribieron mil ensayos y estudios sobre ella. Era digna de elogio, un modelo que funcionaba muy bien, el modelo en el que dos hermanos compartían el poder sin ningún problema.

Carlo habló con Xaviero y lo convenció para que él y su familia volvieran a la isla. Una vez allí, le dio muchas responsabilidades.

Tal y como había imaginado Melissa, a Xaviero no le costó nada volver, pues había empezado a echar mucho de menos su tierra. Además, la princesa Catherine amaba aquel país y ambos querían que Cosimo creciera allí.

Ya se habían cansado de Londres y ansiaban volver a vivir bajo la maravillosa luz del Mediterráneo. Así que la joven pareja se instaló en la maravillosa mansión en la que Melissa y Carlo habían pasado su luna de miel.

Ben y Cosimo empezaron a jugar juntos todos los días, lo que les hizo mucho bien a ambos.

Melissa y Catherine decidieron que, llegado el momento, sus hijos iban a ir a la guardería en lugar de tener tutores privados en casa.

Había nacido una nueva generación de príncipes herederos y sus vidas iban a ser muy diferentes.

Lo más importante que querían enseñarles era que el amor es más importante que cualquier obligación.

Melissa convenció a Carlo para que les contara a sus médicos lo de su amnesia. Ya se lo había contado a Xaviero. Para su sorpresa, los médicos no le dieron mucha importancia, pues les parecía normal que hubiera episodios de amnesia después de una conmoción cerebral tan fuerte como la que había sufrido Carlo.

–¿Lo ves? ¡Todo es mucho más fácil cuando se habla! –exclamó Melissa encantada mientras volvían en el coche del centro de rehabilitación infantil que acababan de inaugurar juntos.

Ahora muchas cosas las hacían juntos.

Carlo sonrió.

Cuando estaban en el hospital, le había apetecido pasarse por el servicio de cuidados intensivos en el que había estado a punto de perder la vida y ver de nuevo aquellas camas blancas y los equipos de vanguardia le había infundido nuevas fuerzas.

Ahora sabía lo que era importante de verdad en la vida: su familia, su mujer y su hijo, que le daban todo el amor que necesitaba.

Y se lo debía todo a la mujer que tenía a su lado, a su Melissa.

–Sí, *mia bella*, tenías razón –le dijo tomándole el rostro entre las manos–. Claro que, tú siempre tienes razón.

–¡No seré yo la que te diga lo contrario! –exclamó Melissa divertida.

–¿Has leído el artículo que te dejé ayer? Ese en el que se preguntan, viendo lo feliz que estoy desde que me he casado, si no serás tú el motor de mi vida.

Melissa negó con la cabeza mientras su marido la besaba, pues sabía muy bien que el único motor que había en sus vidas era el amor.

Bianca

No tuvo más remedio que tomar una decisión: casarse con ella

Serena James no había olvidado al hombre que le había partido el corazón, y tampoco había olvidado la furia que había en sus ojos cuando se separaron. Pero su aventura veraniega tuvo consecuencias imprevistas y, tres meses después, se vio obligada a volver a la isla de Santorini.

Nikos Petrakis estaba a punto de cerrar un acuerdo que aumentaría su fortuna y lo convertiría en un hombre aún más poderoso. No quería distracciones y, mucho menos, si se presentaban en forma de una pelirroja impresionante cuyas curvas pedían a gritos que las acariciaran. Pero esa pelirroja le iba a dar un heredero…

TODO SUCEDIÓ UNA NOCHE
RACHAEL THOMAS

Acepte 2 de nuestras mejores novelas de amor GRATIS

¡Y reciba un regalo sorpresa!

Oferta especial de tiempo limitado

Rellene el cupón y envíelo a

Harlequin Reader Service®
3010 Walden Ave.
P.O. Box 1867
Buffalo, N.Y. 14240-1867

¡Sí! Por favor, envíenme 2 novelas de amor de Harlequin (1 Bianca® y 1 Deseo®) gratis, más el regalo sorpresa. Luego remítanme 4 novelas nuevas todos los meses, las cuales recibiré mucho antes de que aparezcan en librerías, y factúrenme al bajo precio de $3,24 cada una, más $0,25 por envío e impuesto de ventas, si corresponde*. Este es el precio total, y es un ahorro de casi el 20% sobre el precio de portada. !Una oferta excelente! Entiendo que el hecho de aceptar estos libros y el regalo no me obliga en forma alguna a la compra de libros adicionales. Y también que puedo devolver cualquier envío y cancelar en cualquier momento. Aún si decido no comprar ningún otro libro de Harlequin, los 2 libros gratis y el regalo sorpresa son míos para siempre.

416 LBN DU7N

Nombre y apellido	(Por favor, letra de molde)

Dirección	Apartamento No.

Ciudad	Estado	Zona postal

Esta oferta se limita a un pedido por hogar y no está disponible para los subscriptores actuales de Deseo® y Bianca®.
*Los términos y precios quedan sujetos a cambios sin aviso previo.
Impuestos de ventas aplican en N.Y.

SPN-03

Juegos del destino
Barbara Dunlop

Nacido de una relación equivo-
cada, Riley Ellis había decidido
dejar de estar a la sombra de
su hermanastro, el heredero legítimo. Dispuesto a que su compañía tuviera éxito, necesitaba
algo que le diera ventaja sobre
su hermanastro. Y esa baza era
Kalissa Smith. Solo él sabía que
Kalissa era la hermana gemela
de la esposa de su rival. Su
unión con ella provocaría un
enorme escándalo.

Cuando Kalissa se enteró de la
verdad, la pasión de Riley por
ella era verdadera. Pero ¿podría
convencerla de que no era solo un peón en su plan?

¿Era verdadera la pasión de Riley por ella?

¡YA EN TU PUNTO DE VENTA!

Bianca

Un heredero para su enemigo...

Diez años atrás la ingenua Iolanthe Petrakis fue seducida por el magnate griego Alekos Demetriou, con quien vivió la noche más deliciosamente pecaminosa de su vida.

Sin embargo, cuando Alekos descubrió que era hija de su enemigo, se desentendió por completo de ella... antes de que pudiera decirle que se había quedado embarazada.

Diez años después, con la empresa de su familia en peligro, a Iolanthe no le había quedado más remedio que revelarle al odioso Alekos Demetriou que había tenido un hijo suyo.

Al descubrir la verdad, Alekos le anunció que iba a darle su apellido y le propuso, por el bien del niño, que se convirtiera en su esposa.

LA INOCENCIA PERDIDA
KATE HEWITT